我以为从生物学的观点看起来，人生几乎是像一首诗。
它有韵律和拍子，也有生长和腐蚀的内在循环。

秋是代表成熟，对于春天之明媚娇艳，夏日的茂密浓深，都是过来人，不足为奇了，所以其色淡，叶多黄，有古色苍茏之概，不单以葱翠争荣了。这是我所谓秋天的意味。

我若说一提到苏东坡，在中国总会引起人亲切敬佩的微笑，也许这话最能概括苏东坡的一切了。

北平像是一个国王的梦境，它有宫殿、御园、百尺宽的大道、艺术博物院、专校、大学、医院、庙塔、艺商，与旧书摊林立的街道。

○ 中国阴历新年，是中国人一年中最大的佳节，其他节日，似乎均少节期的意味。

DONGREN DE BEIPING

动人的北平

林语堂 著

张振玉 等译

湖南少年儿童出版社
HUNAN JUVENILE & CHILDREN'S PUBLISHING HOUSE

小博集
BOOKY KIDS

图书在版编目（CIP）数据

动人的北平 / 林语堂著 ；张振玉等译. — 长沙：
湖南少年儿童出版社，2019.4
ISBN 978-7-5562-4440-9

Ⅰ. ①动… Ⅱ. ①林… ②张… Ⅲ. ①散文集－中国
－现代 Ⅳ. ①I266

中国版本图书馆 CIP 数据核字（2019）第 053290 号

LIN YUTANG'S PROSE SELECTION（YOUTH ILLUSTRATED EDITION）
This edition arranged with Curtis Brown Group Ltd. through Andrew Nurnberg
Associates International Limited.

DONGREN DE BEIPING
动人的北平

林语堂 著 张振玉 等译

责任编辑：阳 梅 李 炜
策划出品：小博集
策划编辑：文赛峰 何 淼
特约编辑：张迎春
营销编辑：史 岢 付 佳 李 秋
版权支持：辛 艳 张雪珂
封面设计：霍雨佳
版式排版：金锋工作室
内文插图：starry 阿星
封面插图：starry 阿星

出 版 人：胡 坚
出版发行：湖南少年儿童出版社
地　　址：湖南省长沙市晚报大道 89 号
邮　　编：410016
电　　话：0731-82196340（销售部） 0731-82194891（总编室）
传　　真：0731-82199308（销售部） 0731-82196330（综合管理部）
常年法律顾问：湖南云桥律师事务所 张晓军律师
经　　销：新华书店
印　　刷：北京盛通印刷股份有限公司
开　　本：880 mm × 1200 mm　1/32
印　　张：8
版　　次：2019 年 4 月第 1 版
印　　次：2019 年 4 月第 1 次印刷
书　　号：ISBN 978-7-5562-4440-9
定　　价：46.00 元

若有质量问题，请致电质量监督电话：010-59096394
团购电话：010-59320018

目　录

contents

卷四 ———————— 人生在世 / 235

卷一

百花齐放

苏东坡传（节选）

自　序

我写苏东坡传并没有什么特别理由，只是以此为乐而已。给他写本传记的念头，已经存在心中有年。民国廿五年我全家赴美时，身边除去若干精选的排印细密的中文基本参考书之外，还带了些有关苏东坡的以及苏东坡著的珍本古籍，至于在行李中占很多地方一事，就全置诸脑后了。那时我希望写一本有关苏东坡的书，或是翻译些他的诗文；而且，即便此事我不能如愿，我旅居海外之时，也愿身边有他相伴。像苏东坡这样富有创造力，这样守正不阿，这样放任不羁，这样令人万分倾倒而又望尘莫及的高士，有他的作品摆在书架上，就令人觉得有了丰富的精神食粮。现在我能专心致志写他这本传记，自然是一大乐事，此外还需要什么别的理由吗？

元气淋漓富有生机的人总是不容易理解的。像苏东坡这样的人物，是人间不可无一难能有二的。对这种人的人品个性做解释，一般而论，总是徒劳无功的。在一个多才多艺，生活中多彩多姿的人身上，挑选出他若干使人敬爱的特点，倒是轻而易举。我们未尝不可说，苏东坡是个秉性难改的乐天派，是悲天悯人的道德家，是黎民百姓的好朋友，是散文作家，是新派的画家，是伟大的书法家，是酿酒的实验者，是工程师，是假道学的反对派，是瑜伽术的修炼者，是佛教徒，是士大夫，是皇帝的秘书，是饮酒成癖者，是心肠慈悲的法官，是政治上的坚持己见者，是月下的漫步者，是诗人，是生性诙谐爱开玩笑的人。可是这些也许还不足以勾绘出苏东坡的全貌。我若说一提到苏东坡，在中国总会引起人亲切敬佩的微笑，也许这话最能概括苏东坡的一切了。苏东坡的人品，具有一个多才多艺的天才的深厚、广博、诙谐，有高度的智力，有天真烂漫的赤子之心——正如耶稣所说，具有蟒蛇的智慧，兼有鸽子的温柔敦厚，在苏东坡这些方面，其他诗人是不能望其项背的。这些品质之汇萃于一身，是天地间的凤毛麟角，不可数见的。而苏东坡正是此等人！他保持天真淳朴，终身不渝。政治上的钩心斗角与利害谋算，与他的人品是格格不入的；他的诗词文章，或一时即兴之作，或是有所不满时有感而发，都是自然流露，顺乎天性，刚猛激烈，正如他所说的"春鸟秋虫之声"；也未尝不可比作他的诗句："猿吟鹤唳本无意，不知下有行人行。"他一直卷在政治旋涡之中，但是他却光风霁月，高高超越于狗苟蝇营的政治勾当之上。他不忮不求，随时随地吟诗作赋，批评臧否，纯然表达心之所感，至于会招致何等后果，与自己有何利害，则一概置之度外了。因是之故，一直到今天，读者仍以阅读他的作品为乐，因为像他这一等人，总是关心世事，始终亢言直论，不稍隐讳的。他的作品之中，流露出他的本性，亦庄亦谐，生动而有力，虽胥视情况之所宜而异其趣，然而莫不真笃而诚恳，完全发乎内心。他之写作，除去自得其乐外，别无理由。而今日吾人读其诗文，别无理由，只因为他写得那么美，那么遒健朴茂，那么字字自真纯的心肺间流出。

一千年来，为什么中国历代都有那么多人热爱这位大诗人，我极力想分析出这种缘故，现在该说到第二项理由。其实这项理由，和第一项理由也无大差别，只是说法不同而已。那就是，苏东坡自有其迷人的魔力。就如魔力之在女人，美丽芬芳之在花朵，是易于感觉而难于说明的。苏东坡主要的魔力，是熠煜闪灼的天才所具有的魔力，这等天才常常会引起妻子或极其厚爱他的人为他忧心焦虑，令人不知应当因其大无畏的精神而敬爱他，抑或为了使他免于旁人的加害而劝阻他、保护他。他身上显然有一股道德的力量，非人力所能扼制。这股力量，由他呱呱落地开始，即强而有力地在他身上运行，直到死亡封闭上他的嘴，打断了他的谈笑才停止。他挥动如椽之笔，如同儿戏一般。他能狂妄怪僻，也能庄重严肃；能轻松玩笑，也能郑重庄严。从他的笔端，我们能听到人类情感之弦的振动，有喜悦，有愉快，有梦幻的觉醒，有顺从的忍受。他享受宴饮、享受美酒，总是热诚而友善。他自称生性急躁，遇有不惬心意之事，便觉得"如蝇在食，吐之方快"。一次，他厌恶某诗人之诗，就直说那"正是东京学究饮私酒，食瘴死牛肉，醉饱后所发者也"。

他开起玩笑来，不分敌友。有一次，在朝廷盛典中，在众大臣之前，他向一位道学家开玩笑，用一个文词将他刺痛，后来不得不承担此事的后果。可是，别人所不能了解的是，苏东坡会因事发怒，但是他却不会恨人。他恨邪恶之事，对身为邪恶之人，他并不记挂心中，只是不喜爱此等人而已。因为恨别人，是自己无能的表现，所以，苏东坡并非才不如人，因而也从不恨人。总之，我们所得的印象是，他的一生载歌载舞，深得其乐，忧患来临，一笑置之。他的这种魔力就是我这鲁拙之笔所要尽力描写的，他的这种魔力也就是使无数中国的读书人所倾倒、所爱慕的。

本书所记载的是一个诗人、画家与老百姓之挚友的事迹。他感受敏锐、思想透彻、写作优美、作为勇敢，绝不为本身利益而动摇，也不因俗见而改变。他并不精于自谋，但却富有民胞物与的精神。他对人亲切热情、慷慨厚道，虽不积存一文钱，但自己却觉得富比王侯。他虽生性倔强、絮聒多言，但是富有捷才，不过也有时口不择言，过于心直口快；他多才多艺、好奇深思，深沉而不免于轻浮，处世接物，不拘泥于俗套，动笔为文则自然典雅；为父兄、为丈夫，以儒学为准绳，而骨子里则是一纯然道家，但愤世嫉俗，是非过于分明。以文才学术论，他远超过其他文人学士，他自然无须心怀忌妒，自己既然伟大非他人可及，自然对人温和友善，对自己亦无损害。他是纯然一副淳朴自然相，故无须乎尊贵的虚饰；在为官职所羁绊时，他自称局促如辕下之驹。处此乱世，他犹如政坛风暴中之海燕，是庸妄的官僚的仇敌，是保民抗暴的勇士。虽然历朝天子都对他怀有敬慕之心，而历朝皇后都是他的真挚友人，苏东坡竟屡遭贬降，曾受逮捕，忍辱苟活。

有一次，苏东坡对他弟弟子由说了几句话，话说得最好，描写他自己也恰当不过：

"吾上可陪玉皇大帝，下可陪卑田院乞儿。眼前见天下无一个不好人。"

所以，苏东坡过得快乐，无所畏惧，像一阵清风度过了一生，不无缘故。

苏东坡一生的经历，根本是他本性的自然流露。在玄学上，他是个佛教徒，他知道生命是某种东西刹那间的表现，是永恒的精神在刹那间存在躯壳之中的形式，但是他却不肯接受人生是重担、是苦难的说法——他认为那不尽然。至于他本人，是享受人生的每一刻时光。在玄学方面，他是印度教的思想；但是在气质上，他却是道地的中国人的气质。从佛教的否定人生、儒家的正视人生、道家的简化人生，这位诗人在心灵识见中产生了他的混合的人生观。人生最长也不过三万六千日，但是那已然够长了；即使他追寻长生不死的仙丹灵药终成泡影，人生的每一刹那，只要连绵不断，也就美好可喜了。他的肉体虽然会死，他的精神在下一辈子，则可成为天空的星、地上的河，可以闪亮照明，可以滋润营养，因而维持众生万物。这一生，他只是永恒在刹那显现间的一个微粒，他究竟是哪一个微粒，又何关乎重要？所以生命毕竟是不朽的、美好的，所以他尽情享受人生。这就是这位旷古奇才乐天派的奥秘的一面。

林语堂

第一章　文忠公

要了解一个死去已经一千年的人，并不困难。试想，通常要了解与我们同住在一个城市的居民，或是了解一位市长的生活，实在嫌所知不足，要了解一个古人，不是有时反倒容易吗？姑就一端而论，现今仍然在世的人，他的生活尚未完结，一旦遇有危机来临，谁也不知道他会如何行动。醉汉会戒酒自新；教会中的圣人会堕落；牧师会和唱诗班的少女私奔。活着的人总会有好多可能的改变。还有，活着的人总有些秘密，他那些秘密之中最精彩的，往往在他死了好久之后才会泄露出来。这就是何以评论与我们自己同时代的人是一件难事，因为他的生活离我们太近了。论一个已然去世的诗人如苏东坡，情形便不同了。我读过他的札记，他的七百首诗，还有他的八百通私人书简。所以知道一个人，或是不知道一个人，与他是否为同代人，没有关系。主要的倒是是否对他有同情的了解。归根结底，我们只能知道自己真正了解的人，我们只能完全了解我们真正喜爱的人。我认为我完全知道苏东坡，因为我了解他。我了解他，是因为我喜爱他。喜爱哪个诗人，完全是由于哪一种癖好。我想李白更为崇高，而杜甫更为伟大——在他伟大的诗之清新、自然、工巧、悲天悯人的情感方面更为伟大。但是不必表示什么歉意，恕我直言，我偏爱的诗人是苏东坡。

在今天看来，我觉得苏东坡伟大的人格，比中国其他文人的人格，更为鲜明突出，在他的生活和作品里，显露得越发充分。在我头脑里，苏东坡的意象之特别清楚明显，其理由有二。第一个，是由于苏东坡本人心智上才华的卓越，深深印在他写的每一行诗上，正如我所看见的他那两幅墨竹上那乌黑的宝墨之光，时至今日，依然闪耀照人，就犹如他蘸笔挥毫是在顷刻之前一样。这是天地间一大奇迹，在莎士比亚的创作上，亦复如此。莎翁诗句的遒健，是来自诗人敏感的天性与开阔豁达的胸襟，至今依然清新如故。纵然有后代学者的钻研考证，我们对莎士比亚的生活所知者仍极稀少，可是在他去世四百年之后，由于他的作品中感情的力量，我们却知道了他的心灵深处。

第二个理由是，苏东坡的生活资料较为完全，远非其他中国诗人可比。有关他漫长的一生中多彩多姿政治生涯的那些资料，存在各种史料中，也存在他自己浩繁的著作中。他的诗文都计算在内，接近百万言；他的札记，他的遗墨，他的私人书信，在当时把他视为最可敬爱的文人而写的大量的闲话漫谈，都流传到现在了。在他去世后百年之内，没有一本传记类的书不曾提到这位诗人的。宋儒都长于写日记，尤以司马光、王安石、刘挚、曾布为著名；勤奋的传记作者如王明清、邵伯温。由于王安石的国家资本新法引起的纠纷，和一直绵延苏东坡一生的政坛风波的扰攘不安，作家都保存了那一时代的资料，其中包括对话录，为量甚大。苏东坡并不记日记，他不是记日记那一类型的人，记日记对他恐怕过于失之规律严正而不自然。但是他写札记，遇有游山玩水、思想、人物、处所、事件，他都笔之于书，有的记有日期，有的不记日期。而别人则忙于把他的言行记载下来。爱慕他的人都把他写的书简题跋等精心保存。当时他以杰出的书法家出名，随时有人恳求墨宝，他习惯上是随时题诗，或是书写杂感评论，酒饭之后，都随手赠与友人。此等小简偶记，人皆珍藏，传之子孙后代，有时也以高价卖出。这些偶记题跋中，往往有苏东坡精妙之作。如今所保存者，他的书简约有八百通，有名的墨迹题跋约六百件。实际上，是由于苏东坡受到广泛的喜爱，后来才有搜集别的名人书札题跋文字印行的时尚，如黄山谷便是其一。当年成都有一位收藏家，在苏东坡去世之后，立即开始搜集苏东坡的墨迹书简等，刻之于石，拓下拓片出卖，供人做临摹书法之用。有一次，苏东坡因对时事有感而作的诗，立刻有人抄写流传，境内多少文人争相背诵。苏东坡虽然发乎纯良真挚之情，但内容是对政策表示异议，当时正值忠直之士不容于国都之际，当权者之愤怒遂集于他一人之身，情势严重，苏东坡几乎险遭不测。他是不是后悔呢？表面上，在他的贬谪期间，对不够亲密的朋友他说是已然后悔，但是对莫逆之交，他说并无悔意，并且说，倘遇饭中有蝇，仍须吐出。由于他精神上的坦白流露，他也以身列当时高士之首而自伤，在与心地狭窄而位居要津的政客徒然挣扎了一番之后，他被流放到中国域外的蛮荒琼崖海岛，他以坦荡之胸怀处之，有几分相信是命运使然。

像苏东坡这样的人，生活中竟有如此的遭遇，他之成为文人窃窃私语的话柄、尊重景仰的话题，尤其是在他去世之后，乃是自然之事。若与西方相似之人比较，李白是一个文坛上的流星，在刹那间壮观惊人的闪耀之后，而自行燃烧消灭，正与雪莱、拜伦相近。杜甫则酷似弥尔顿，既是虔敬的哲人，又是仁厚的长者，学富而文工，以古朴之笔墨，写丰厚之情思。苏东坡则始终富有青春活力，以人物论，颇像英国的小说家萨克雷（Thackeray）；在政坛上的活动与诗名，则像法国的雨果；他具有的动人的特点，又仿佛英国的约翰逊。不知为什么，我们对约翰逊的中风，现在还觉得不安，而对弥尔顿的失明则不然。倘若弥尔顿同时是像英国画家庚斯博罗，也同时像以诗歌批评英国时事的蒲柏，而且也像英国饱受折磨的讽刺文学家斯威夫特，而没有他日渐增强的尖酸，那我们便找到一个像苏东坡的英国人了。苏东坡虽然饱经忧患拂逆，但他的人性更趋温和厚道，并没变得尖酸刻薄。今天我们之所以喜爱苏东坡，也是因为他饱受了人生之苦的缘故。

中国有一句谚语，就是说一个人如何，要"盖棺论定"。人生如梦，一出戏演得如何，只有在幕落之时才可以下断语。不过有这种区别——人生是如同戏剧，但是在人生的戏剧里，最富有智慧与最精明的伶人，对于下一幕的大事如何，也是茫然无知。但是真正的人生，其中总包含有一种无可避免的性质，只有最好的戏剧才庶乎近之。因此在给过去的人写一本传记时，我们能把一场一场已经完成的戏，逐一观看，观看由人内在的气质与外在的环境所引起的必要的发展，这自然是一项重大的方便。在我将《苏东坡传》各章的资料钻研完毕之后，并且了解了为什么他非要有某些作为不可，为什么非要违背他弃官归隐的本意，我觉得自己好像一个中国的星相家，给一个人细批终身，预卜未来，那么清楚，那么明确，事故是那么在命难逃。中国的星相家能把一个人的一生，逐年断开，细批流年，把一生每年的推算写在一个折子上，当然卦金要远高出通常的卜卦。但是传记家的马后课却总比星相家的马前课可靠。今天，我们能够洞悉苏东坡穷达多变的一生，看出来那同样的无可避免的情形，但是断然无疑的是，他一生各阶段的吉凶祸福的事故，不管过错是否在他的星宿命运，的确是发生了、应验了。

苏东坡生于宋仁宗景祐三年（1036），于徽宗建中靖国元年（1101）逝世——是金人征服北宋的二十五年之前。他是在北宋最好的皇帝（仁宗）当政年间长大，在一个心地善良但野心勃勃的皇帝（神宗）在位期间做官，在一个十八岁的呆子（哲宗）荣登王位之时遭受贬谪。研究苏东坡传记，同时也就是研究宋朝因朋党之争而衰微，终于导致国力耗竭，小人当政。凡是读《水浒传》的人都知道当时的政治腐败，善良的百姓都因躲避税吏贪官，相继身入绿林而落草为寇，成了梁山上的英雄好汉了。

在苏东坡的青年时期，朝廷之上有一批淳儒贤臣。到北宋将亡之际，此等贤臣已悉数凋零，或是丢官去位。在朝廷第一次迫害儒臣，排除御史台的守正不阿之士，而由新法宰相王安石安排的若干小人取而代之，此时至少尚有二十余位纯良儒臣，宁愿遭受奸宄之毒手，不肯背弃忠贞正义。等到第二次党争祸起，在愚痴的童子帝王统治之下，忠良之臣大多已经死亡，其余则在流谪中弃世。宋朝国力之削弱，始自实行新法以防"私人资本之剥削"，借此以谋"人民"之利益，而由一个狂妄自信的大臣任其事。对国运为害之烈，再没有如庸妄之辈大权在握、独断独行时之甚的了。身为诗人、哲人之苏东坡，拼命将自己个人之平实常识，向经济学家王安石的逻辑对抗。王安石鼓吹的那套道理与中国当时所付出的代价，至今我们还没有弄个清楚。

王安石在热衷于自己那套社会改革新法之下，自然为达目的而不择手段，自然会将倡异议之人不惜全予罢黜，一项神圣不可侵犯的主张，永远是为害甚大的。因为在一项主张成为不可侵犯之时，要实现此一目的的手段，便难免于残忍，乃是不可避免之事。当时情况如此，自然逃不出苏东坡的慧眼，而且兹事体大，也不是他可以付之轻松诙谐的一笑的。他和王安石是狭路相逢了，他俩的冲突决定了苏东坡一生的宦海生涯，也决定了宋朝帝国的命运。

苏东坡和王安石，谁也没活到亲眼看见他们相争的结果，也没看到北方异族之征服中国，不过苏东坡还活到亲眼看见那广事宣传的新政的恶果。他看见了王安石那么深爱的农民必须逃离乡里，并不是在饥馑旱涝的年月，而是在五谷丰登的年月，因为他们没能清还硬逼他们向官家借的款项与利息，因此若胆敢还乡，官吏定要捕之入狱的。苏东坡只能为他们呼天求救，但是却无法一施援手。察访民情的官员，奸伪卑劣，以为对此新政新贵之缺点，最好装聋作哑，一字不提，因为当权诸公并非不知；而对新政之优点，乃予以粉饰夸张，锦上添花。说漫天之谎而成功（倘若那些谎言漫天大，而且又说个不停），并不是现代人的新发明。那些太监也得弄钱谋生。在这种情形之下，玩法弄权毫不负责之辈，就以国运为儿戏，仿佛国破家亡的后果他们是可以逃脱的。苏东坡勉强洁身自全，忍受痛苦，也是无可奈何了。皇帝虽有求治的真诚愿望，但听而不聪，误信人言，终非明主，焉能辞其咎？因为在国家大事上，他所见不明，他每每犯错，而苏东坡则料事无误。在实行新政神圣不可侵犯的名义之下，百姓只有在朝廷的高压政治之下辗转呻吟。在疯狂的争权夺利之中，党派的狂热，竟凌驾乎国家的利益之上。国家的道德力量、经济力量，大为削弱，正如苏东坡所说，在这种情形之下，中国很容易被来自西伯利亚的敌人征服了。群小甘心充当北方强邻的傀儡，名为区域独立，而向金人臣服。在此等情形之下，无怪乎朝廷灭亡，中国不得不迁往江南了。宋室宫阙在北方铁蹄之下化为灰烬之后，历史家在一片焦瓦废墟中漫步之时，不禁放目观望、低头沉思，以历史家的眼光、先知者的身份，思索国家百姓遭此劫难的原因，但是时过境迁，为时已迟了。

苏东坡去世一年，在当权的群小尚未把长江以北拱手奉送与来自穷沙大漠的他们那异国的君王时，一件历史上的大事发生了。那就是有名的元祐党人碑的建立，也是宋朝朋党之争的一个总结。元祐是宋哲宗的年号（1086—1094），在这些年间，苏东坡的蜀党当权。元祐党人碑是哲宗元祐年间当政的三百零九人的黑名单，以苏东坡为首。碑上有奉圣旨此三百零九人及其子孙永远不得为官，皇家子女亦不得与此名单上诸臣之后代通婚姻，倘若已经订婚，也要奉旨取消。与此同样的石碑要分别在全国各县竖立，直到今天，中国有些山顶上还留有此种石碑。这是将反对党一网打尽、斩尽杀绝的办法，也是立碑的群小蓄意使那些反对党人千年万载永受羞辱的办法。自从中国因王安石变法使社会衰乱，朝纲败坏，把中国北方拱手让与金人之后，元祐党人碑给人的观感，和立碑的那群小人的想法，可就大为不同了。随后一百多年间，碑上人的子孙，都以碑上有他们祖先的名字向人夸耀。这就是元祐党人碑在历史上出名的缘故。实际上，这些碑上的祖先之中，有的并不配享有此种荣耀，因为在立碑时要把反对党赶尽杀绝，那群小人便把自己个人的仇敌的名字也擅自列入了，所以此一黑名单上的人是好坏兼而有之的。

在徽宗崇宁五年（1106）正月，出乎神意，天空出现彗星，在文德殿东墙上的元祐党人碑突遭电击，破而为二。此是上天降怒，毫无疑问。徽宗大惧，但因怕宰相反对，使人在深夜时分偷偷儿把端门的党人碑毁坏。宰相发现此事，十分懊恼，但是却大言不惭地说道："此碑可毁，但碑上人名则当永记不忘！"现在我们知道，他是如愿以偿了。

雷电击毁石碑一事，使苏东坡身后的名气越来越大。他死后的前十年之间，凡石碑上刻有苏东坡的诗文或他的字的，都奉令销毁，他的著作严禁印行，他在世时一切官衔也全予剥夺。当时有作家在杂记中曾记有如下文句："东坡诗文，落笔辄为人所传诵。崇宁、大观间，海外苏诗盛行。是时朝廷禁止赏钱增至八十万。禁愈严而传愈多，往往以多相夸。士大夫不能诵东坡诗，便自觉气索，而人或谓之不韵。"

雷击石碑后五年，一个道士向徽宗奏称，曾见苏东坡的灵魂在玉皇大帝驾前为文曲星，掌诗文。徽宗越发害怕，急将苏东坡在世时最高之官爵恢复，后来另封高位，为苏东坡在世时所未有。在徽宗政和七年（1117）以前，皇家已经开始搜集苏东坡的手稿，悬价每一篇赏制钱五万文。太监梁师成则付制钱三十万文购买颍州桥上雕刻的苏东坡的碑文（早已经被人小心翼翼地隐藏起来），这笔钱在当时的生活来说，是够高的价钱。另外有人出五万制钱购买一个学者书斋上苏东坡题匾的三个字。这时苏东坡的诗文字画在交易上极为活跃，不久之后，这些宝贵的手稿不是进入皇宫成了御览之宝，便成了富有的收藏家手中的珍品。后来金人攻下京师，特别索取苏东坡和司马光的书画，作为战利品的一部分，因为苏东坡的名气甚至在世时已经传到了塞外异族之邦。苏东坡的手稿书画中的精品，有一部分，敌人用车装运到塞外，同时徽、钦二帝也随车北掳，竟至客死番邦（当时徽宗已让位于儿子钦宗）。苏东坡遗留下的文物未遭毁灭者，也由收藏家运到了江南，始得以保存于天地之间。

苏东坡业已去世，有关时政的感情冲动的争斗风暴也已过去，南宋的高宗皇帝坐在新都杭州，开始阅读苏东坡的遗著，尤其是他那有关国事的文章，越读越敬佩他的谋国之忠，越敬佩他的至刚大勇。为了追念苏东坡，他把苏东坡的一个孙子苏符赐封高官。所有这些举动，都使苏东坡身后的名气地位达到巅峰。到孝宗乾道六年，赐他谥号文忠公，又赐太师官阶。皇帝对他的天才写照，至今仍不失为最好的赞词。到今天，各种版本的苏文忠公全集上的卷首，都印有皇帝的圣旨和皇帝钦赐的序言。兹将封他为太师之位的那道圣旨转录于后：

敕。朕承绝学于百圣之后，探微言于六籍之中。将兴起于斯文，爰缅怀于故老。虽仪刑之莫觌，尚简策之可求。揭为儒者之宗，用锡帝师之宠。故礼部尚书、端明殿学士、赠资政殿学士、谥文忠苏轼，养其气以刚大，尊所闻而高明；博观载籍之传，几海涵而地负；远追正始之作，殆玉振而金声。知言自况于孟轲，论事肯卑于陆贽？方嘉祐全盛，尝膺特起之招；至熙宁纷更，乃陈长治之策。叹异人之间出，惊谗口之中伤。放浪岭海，而如在朝廷；斟酌古今，而若斡造化。不可夺者，嵲然之节，莫之致者，自然之名。经纶不究于生前，议论常公于身后。人传元祐之学，家有眉山之书。朕三复遗编，久钦高躅。王佐之才可大用，恨不同时。君子之道暗而彰，是以论世。倘九原之可作，庶千载以闻风。惟而英爽之灵，服我衮衣之命。可特赠太师。余如故。

由此观之，苏东坡在中国历史上的特殊地位，一则是由于他对自己的主张原则，始终坚定而不移；二则是由于他诗文书画艺术上的卓绝之美。他的人品道德构成了他名气的骨干，他的风格文章之美则构成了他精神之美的骨肉。我不相信我们会从内心爱慕一个品格低劣无耻的作家，他的文字再富有才华，也终归无用。孝宗赐予《苏东坡集》的序言就盛赞他浩然正气的伟大，这种正气就使他的作品不同于那些华丽柔靡之作，并且使他的名气屹立如山，不可动摇。

但是，现在我们不要忘记苏东坡主要是个诗人、作家。他当然是以此得名的。他的诗文中有一种特质，实在难以言喻，经过翻译成另一种文字后，当然更难以捉摸。杰作之所以成为杰作，就因为历代的读者都认为"好作品"就是那个样子。归根结底来说，文学上万古不朽的美名，还是在于文学所给予读者的快乐上，但谁又能说究竟怎样才可以取悦读者呢？使文学作品有别于一般作品，就在于在精神上取悦于人的声韵、感情、风格而已。杰作之能使历代人人爱读，而不为短暂的文学风尚所淹没，甚至历久而弥新，必然具有一种我们称之为发自肺腑的"真纯"，就犹如宝石之不怕试验，真金之不怕火炼。苏东坡写信给谢民师时说："文章如精金美玉，市有定价，非人所能以口舌论贵贱也。"

可是，使作品经久而不失其魔力的"真纯"又为何物？苏东坡对写作与风格所表示的意见，最为清楚。他说做文章

"大略如行云流水，初无定质，但常行于所当行，常止于不可不止。文理自然，姿态横生。孔子曰：言之不文，行之不远。又曰：词达而已矣。夫言止于达意，即疑若不文，是大不然。求物之妙，如系风捕影，能使是物了然于心者，盖千万人而不一遇也，而况能使了然于口与手乎？是之谓词达。词至于能达，则文不可胜用矣。扬雄好为艰深之词，以文浅易之说。若正言之，则人人知之矣，此正所谓雕虫篆刻者"。在此为风格做解释，苏东坡很巧妙地描写了他自己的为文之道，其行止如"行云流水"，他是把修辞作文的秘诀弃之而不顾的。何时行、何时止是无规矩法则可言的。只要作者的情思美妙，他能真实精确地表达出来，表达得够好，迷人之处与独特之美便自然而生，并不是在文外附着的身外之物。果能表现精妙而能得心应手，则文章的简洁、自然、轻灵、飘逸，便能不求而自至。此处所谓文章的简洁、自然、轻灵、飘逸，也就是上好风格的秘诀。文章具有此等特性，文章便不至于索然无味，而我们也就不怕没有好文章读了。

不管怎么说，能使读者快乐，的确是苏东坡作品的一个特点。苏东坡最快乐就是写作之时。一天，苏东坡写信给朋友说："我一生之至乐在执笔为文之时，心中错综复杂之情思，我笔皆可畅达之。我自谓人生之乐，未有过于此者也。"

苏东坡的文字使当代人的感受，亦复如此。欧阳修说每逢他收到苏东坡新写的一篇文章，他就欢乐终日。宋神宗的一位侍臣对人说，每逢皇帝陛下举箸不食时，必然是正在看苏东坡的文章。即便在苏东坡被贬谪在外时，只要有他的一首新作的诗到达宫中，神宗皇帝必当诸大臣之面感叹赞美之。但是皇上对苏东坡的感叹赞美就正使某些大臣害怕，必使神宗在世一日，使苏东坡一直流放在外，不能回朝。

有一次，苏东坡写文章力辩文章本身使人感到快乐的力量，就是文学本身的报酬。他在世的最后一年，他有时曾想抛弃笔墨根本不再写作，因为他一辈子都是以笔贾祸。他在给刘沔的回信中说："轼穷困，本坐文字，盖愿刬形去智而不可得者。然幼子过文益奇。在海外孤寂无聊，过时出一篇见娱，则为数日喜，寝食有味。如此知文章如金玉珠贝，未易鄙弃也。"作者自由创作时，能自得其乐，读者阅读时，也觉愉悦欢喜，文学存在人间，也就大有道理了。

苏东坡天赋的才气，特别丰厚，可以说是冲破任何界限而不知其所止。他写诗永远清新，不像王安石的诗偶尔才达到完美的境界。苏诗无须乎获得那样完美。别的诗人作诗限于诗的辞藻，要选用一般传统的诗的题材，而苏东坡写诗不受限制，即便浴池内按摩筋骨亦可入诗，俚语俗句用于诗中，亦可听来入妙。往往是他在作诗时所能独到而别的诗人之所不能处，才使他的同道叹服。他在文学上的主要贡献，是在从前专限于描写闺怨相思的词上，开拓其领域，可以谈道谈禅，谈人生哲理，而且在冒极大之危险在几乎不可能的情形之下成功了。因为他经常必须在饭后当众作诗，通常他比别人写起来快，也写得好。他的思想比别人清新，类比典故也比别人用得恰当。有一次在黄州为他送行的筵席上，一个歌伎走到他面前，求他在她的披肩上题诗。但是苏东坡从来没听说有此一歌伎，立即吩咐她研墨，拿笔立即开头写道：

> 东坡四年黄州住，
> 何事无言及李琪。

至此停下，接着与朋友说话。在座的人以为这是很平淡无味的起头，而且仅仅两句，全诗尚未完稿。东坡继续吃饭谈笑。李琪上前求他把诗写完。东坡又拿起笔来，将此首七绝的后两句一挥而就：

> 却似西川杜工部，
> 海棠虽好不吟诗。

此诗音韵谐和，犹如一粒小宝石，有轻灵自然之美。对李琪的恭维恰到好处，因而使此一黄州歌伎的芳名也永垂不朽了。中国诗的韵律很严，在用典故时需要高度的技巧，在和别人的诗时，也要用同样的字，押同样的韵。不知何故，苏诗的韵，总比别人的用韵自然，并且他的用典，经仔细看来，含义更深。在写散文时，他笔力所及，至为广阔，自庄严纯正的古文风格，至轻松曼妙扣人心弦的小品，无所不能，各臻其妙。东坡之以大家称，不无故也。

因此之故，苏东坡在中国是主要的诗人和散文家，而且他也是第一流的画家、书家，善谈吐，游踪甚广。天生聪慧，对佛理一触即通，因此，常与僧人往还，他也是第一个将佛理入诗的。他曾猜测月亮上的黑斑是山的阴影。他在中国绘画上创出了新门派，那就是文人画，而使中国艺术增加了独特的优点。他也曾开凿湖泊河道，治水筑堤。他自己寻找草药，在中国医学上他也是公认的权威。他也涉猎炼丹术，直到临去世之前，他还对寻求长生不死之药极感兴趣。他曾对神恳求，与妖魔争辩，而且有时他居然获胜。他想攫取宇宙间的奥秘，不幸未竟全功，只成功了一半，乃一笑而逝。

倘若不嫌"民主"一词今日用得太俗滥的话，我们可以说苏东坡是一个极讲民主精神的人，因为他与各行各业都有来往，帝王、诗人、公卿、隐士、药师、酒馆主人、不识字的农妇。他的至交是诗僧、无名的道士，还有比他更贫穷的人。他也喜爱官宦的荣耀，可是每当他混迹人群之中而无人认识他时，他却最为快乐。他为杭州、广州兴办水利，建立孤儿院与医院，创监狱医师制度，严禁杀婴。在王安石新法的社会改革所留下的恶果遗患之中，他只手全力从事救济饥荒，不惜与掣肘刁难的官场抗争。当时似乎是只有他一个人关心那千里荒旱，流离饿殍。他一直为百姓而抗拒朝廷，为宽免贫民的欠债而向朝廷恳求，必至成功而后已。他只求独行其是，一切付之悠悠。今天我们确实可以说，他是具有现代精神的古人。

第二章　眉山

自长江逆流而上，经汉口，过名满天下的三峡，便进入了中国西南的一大省份——四川。再沿江上行，过重庆，直到水源，便可看见一尊大石佛，其高三百六十英尺①，是由江边一个悬崖峭壁雕刻而成。在此四川省西部的边界，在雄伟

---

① 英尺：英美制长度单位。1 英尺 = 0.3048 米。

高耸的峨眉山麓，就是乐山，当年在苏东坡时名为嘉州，岷江就在此处流入长江。岷江自大西北原始部落聚居的山岭上，汹涌澎湃奔流而至，与来自峨眉的另一河流汇合后，直向乐山的大石佛奔腾而来，洪流渐渐折向东南，然后向东，便一直流入中国海。在千年万古为阴云封闭的峨眉山的阴影中，在乐山以北大约四十英里^①之外，便是眉州的眉山镇。在中国文学史上，这座小镇便以当地一个杰出的文学世家出了名。这一家便是苏家，亦即人所周知的"三苏"。父亲苏洵，生有二子，长子苏轼，字子瞻，号东坡；次子苏辙，字子由，父子三人占唐宋八大家中的三席之地。

在乐山，当年也和现在一样，旅客可以乘一小舟自玻璃江逆流而上直到眉山。玻璃江因其水色而得名，因为在冬季，水色晶莹深蓝；夏季之时，急流自山峦间奔流而至，水色深黄。玻璃江为岷江一支流，因眉山位于乐山与四川省会成都两地之间，凡欲赴省会之旅客，必须经过眉山。若坐帆船上行，可以看见蟆颐山临江而立。山势低而圆，与江苏之山形状相似。此处即是眉山，即"三苏"的故乡。幸亏战国时代李冰的治水天才，当地才有完整的水利灌溉沟渠，千余年来，

---

① 英里：英美制长度单位。1英里 = 1.609344千米。

在良好维护之下，始终功能完好，使川西地区千年来沃野千里，永无水患。蟆颐山的小山丘下，稻田、果园、菜圃，构成广漠的一带平原，竹林与矮小的棕树则点缀处处。自南方进入眉山镇，沿着整洁的石板路走，便可到达城镇的中心。

眉山并非一个很大的城市，但住家颇为舒适。一个现代诗人曾描述眉山，他说眉山镇上街道整洁，五六月间荷花盛放，最为有名。当地种植荷花已成一项庞大行业，因为邻近各市镇的荷花贩子都来此地采购荷花。人在街上步行之时，会见到路旁许多荷花池，花朵盛开，香气袭人。在纱縠巷，有一座中等结构的住宅。自大门进入，迎面是一道漆有绿油的影壁，使路上行人不至于看见住宅的内部。影壁之后，出现一栋中型有庭院的房子。在房子附近，有一棵高大的梨树，一个池塘，一片菜畦。在这个小家庭花园之中，花和果树的种类繁多，墙外是千百竿翠竹构成的竹林。

宋仁宗景祐三年（1036）十二月十九日，在这栋房子里，一个婴儿脚踢着襁褓的包布，发出了啼声。自从第一个儿子夭折之后，这个初生的婴儿便成了这家的长子。现在在这儿趁着这个婴儿并没有什么特别的活动，也可以说只像其他的婴儿一个样地活动之时，我们利用这段时光把这一家大略看一下吧。不过关于这个孩子的生日先要说一说，不然会使海外中国传记的读者感到纷乱。在中国，小儿初生便是一岁，这是由中国人历来都愿早日达到受人尊敬的高龄的缘故。第一个新年一到，人人都长了一岁，那个婴儿就是两岁。根据中国的计算法，一个人在他生日前来算，他总比实际年龄大两岁，在生日之后算，总是大一岁。在本书里，年龄是按西方计算的，不再精确估计生日。不过在论到苏东坡，还是要顾到一点儿精确。因为他一降生就是一岁大，那是十二月十九日，再新年来临，他就已经两岁大——实际上他还不足半个月。因为他的生日是在年终，按中国年岁计算，他总是比实际年龄小两岁。

关于他的生日要说的第二件事，他的降生是在天蝎宫之下。照他自己的话说，这就是为什么他一生饱经忧患的原因，不管是好谣言、坏谣言，他总是谣言的箭垛，太好的谣言，他当之有愧；太坏的谣言，他无端受辱。这种命运和韩愈的命运相似。韩愈降生也是属于同样的星座，韩愈也是因固执己见而被朝廷流放。

在那栋宅院中，一间屋子墙的正中，挂着一张仙人的画像，画的是八仙中的张果老。婴儿的父亲苏洵，现年二十七岁，正是一生中精神上多灾多难的岁月。他在市场上看见这张画像，乃用一只玉镯子换来的。在过去的七年之中，每天早晨他向这幅张果老像祷告。数年前他妻子已经生了一个女孩儿，再生的就是那个夭折的孩子。他过去一直盼望生个儿子，现在是如愿以偿了。他必然是非常快乐，并且我们也知道，当时他正在饱受屈辱折磨，痛苦万分。

苏家总算是个小康之家，自己有田产，也许比一般中产之家还较为富有。家中至少有两个使女，并且家里还能给苏东坡和在他之前的姐姐各雇用一个奶妈。等弟弟辙生下时，家中还能再雇一个奶妈。这兄弟二人的两个奶妈，按照中国的习惯，要一直跟她们照顾到成年的孩子过活一辈子。

苏东坡一降生，祖父仍然健在，正是六十三岁。以前年轻时，生得高大英俊，身体健壮，酒量极大，慷慨大方。后来苏东坡已经成为当代公认的文坛泰斗，官居翰林学士知制诰之职，家已移居在开封城皇宫附近。一天，几个至交与仰慕他的人前去拜访，正好那天是他祖父的寿诞之期，他就开始向来客述说这位怪老汉的几件趣事。老人不识字，但是人品不凡。那时他们正住在乡间，自己广有田地。他祖父不像别家那样储存食米，却以米换谷，在自家谷仓中存了三四万石①之多。别人不知道他何以如此。随后荒年歉收，他祖父乃

① 石：市制容量单位。1 石 = 100 升。

开仓散粮，先给他自己的近族近亲，然后才轮到他妻子的娘家人，再后给他家的佃农，最后给同村的贫民。这时别人才知道他当初为什么广存稻谷——因为稻谷可藏数年，而稻米天潮时则易霉坏。他祖父衣食无忧，优哉游哉，时常携酒一樽，与亲友在青草地上席地而坐，饮酒谈笑，以遣时光。大家饮酒高歌，规矩拘谨的农人都大为吃惊。

一天，老汉正在喝酒取乐，重要消息来到了。他的二儿子，苏东坡的叔父，已赶考高中。在邻近还有一家，儿子也是同样考中。那是苏东坡的外祖母程家。因为苏程联姻，所以可以说是双喜临门。程家极为富有，算得上有财有势，早就有意大事铺张庆祝，而苏家的老汉则并无此意。知父莫如子，苏东坡的叔叔亲自派人由京中给老人家送上官家的喜报，官衣官帽，上朝用的笏板，同时还有两件东西，就是太师椅一张，精美的茶壶一个。喜信到时，老汉正在醺醺大醉，手里攥着一大块牛肉吃。他看见行李袋里露出官帽上的红扣子，一下子就明白了。但是当时酒力未消，他拿起喜报，向朋友们高声宣读，欢乐之下，把那块牛肉也扔在行李袋里，与那喜报官衣官帽装在一处。他找了一个村中的小伙子为他背行李袋，他骑着驴，往城里走去。那是他一生中最快乐的日子。街上的人早已听到那个考中的消息，等一看见酩酊大醉的老汉骑在驴背上，后面跟着一个小子扛着一件怪行李，都不禁大笑。程家以为这是一件令人丢脸的事，而苏东坡则说只有高雅不俗之士才会欣赏老人质朴自然之美。此老汉也是一个思想开通的人。一天，他在大醉之下，走进一座庙里，把一尊神像摔得粉碎。原来他早已对那尊像怀有恶感，并且那尊神像全村人都很惧怕，更可能的理由是对那庙里的庙祝存有敌意，因为他常向信徒们勒索钱财。

苏东坡的酒量倒不是由祖父那里继承而来，但是他的酒趣则是得自祖父，以后不难看出。这位不识字的老汉的智慧才华，原是在身上深藏不露，结果却在他儿子的儿子的身上光荣灿烂地盛放了。身心精力过人的深厚，胸襟气度的开阔，存心的纯厚正直，确都潜存在老人的身上。苏家在当地兴起，和别的望族世家之兴起一样，也是合乎无限的差异变化与物竞天择的自然规律的。对于苏东坡外婆家的才智如何，我们尚无明证，但是苏程两家血统的偶然混合，不知在何种情形之下，竟产生了文学天才。

此外，祖父对他孙子的文学生活并无什么大的影响，只是一点，祖父的名字是"序"。当年对一个作家而言，这确是最为难的事，因为苏东坡是个名作家，必须写很多序。苏东坡若用"序"这个字，便是对祖先失去尊敬。于是他只好把他作品中所有的"序"，都改称之为"引"。不称父母与祖父母的名讳，在中国是很古老的风俗，有时候十分麻烦，尤其父亲的名字是很普通的字时为甚。在中国最伟大的史学家司马迁皇皇巨著中，我们找不到一个"谈"字，因为"谈"是他父亲的名字。有一个人名叫"赵谈"，司马迁竟擅自改为"赵通"。同样，《后汉书》的作者范晔必须避开他父亲的名字"泰"，所以今天我们在他那一百二十卷的大作中找不到一个"泰"字。诗人李翱的父亲名"今"，于是此位诗人必须用一个古字代替现代这个普通字"今"。这种禁忌是由禁写当朝皇帝名字的禁忌而起。科举考试时，考生的名字之中若有一个字与当朝已驾崩的皇帝的名字相同，则被逐出考场。可是皇帝通常总是称年号或谥号，而不称名，所以就有不少考生忘记了皇帝的名字，而真被逐出考场。有时一个皇帝也会在这方面犯了禁忌，因为谁也不易随时记着十代祖先的名字。一次，一个皇帝一时没记清楚，在给一座亭子起名字时用错了字，忽然想起来犯了禁忌，误用了祖先之名，于是，刚为那个亭子颁赐了名字，立刻又改换。

苏东坡的父亲苏洵，天性沉默寡言，就其政治上的抱负而言，他算是抑郁终身，不过在去世之前，他想追求的文名与功名，在他的两个儿子身上出现了。苏洵秉赋颖异，气质谨严，思想独立，性格古怪，自然不是易于与人相处的人。直至今日，人人都知道他到二十七岁时，才发愤读书。大人常举这件事来鼓励年轻人，告以只要勤勉奋发，终会成功的。当然，聪明的孩子也许会推演出相反的结论，那就是孩童之时不一定非要专心向学。事实上，苏洵在童年并非没有读书作文学习的机会，而似乎是，苏洵个性强烈，不服管教，必又痛恨那个时代的正式教育方式。我们都知道好多才气焕发的孩子确是如此。若说他在童年时根本没读书写字做文章，恐非事实。他年轻之时，必然给程家有足够好的印象，不然程家不会愿意把女儿嫁给他的。另外，同样令人惊异的是，他晚到二十七岁才发愤读书，而能文名大噪，文名不为才气纵横的儿子的文名所掩，这究属极不寻常之事。

大约他得了长子之后，自己的态度才严肃起来，追悔韶光虚掷，痛自鞭策。他看到自己的哥哥、自己的内兄，还有两个姐丈，都已科考成功，行将为官做吏，因而觉得含羞带愧，脸上无光。此等情事，即便平庸之才，都会受到刺激，对一个天赋智力如此之高的人，当时的情形一定使他无法忍受，今日由他的文集中所表现的才智看，我们对此是不难了解的。在苏洵给他妻子（苏东坡的母亲）的祭文里，他表示妻子曾激励他努力向学，因为那位程家小姐是曾经受过充分的良好教育的。祖父对他儿子并没有说什么，也没有做什么，在他眼里，他这个儿子，无论从哪方面看，只是一个倔强古怪的孩子，虽有天才却是游手好闲不肯正用。有朋友问他，为什么他儿子不用心读书而他也不肯管教，他很平静地回答说："这个我不发愁。"他的话暗示出来他那才气焕发而不肯务正的儿子总有一天会自知犯错，会痛改前非，他是坚信而不移的。

四川的居民，甚至远在宋代，就吃苦耐劳，机警善辩，有自持自治的精神，他们像偏远地区的居民一样，依然还保持一些古老的风俗文化。由于百年前本省发明了印刷术，好学之风勃然兴起。在苏东坡的时代，本省已经出了不少的官员学者，其学术的造诣都高于当时黄河流域一带，因为在科举时，黄河一带的考生都在作诗方面失败。成都是文化中心，以精美的信笺、四川的锦缎、美观的寺院出名。还有名妓、才女，并且在苏东坡出世百年以前，四川还出了两个有名气的女诗人。那些学者文人在作品上，不同于当时其他地区文章浮华虚饰的纤丽风格，仍然保有西汉朴质遒健的传统。

在当年，也和如今一样，四川的居民都耽溺于论争，酷爱雄辩的文章。甚至在中等社会，谈话之时都引经据典，富有妙语佳趣，外省人看来，都觉得充满古雅精美的味道。苏东坡生而辩才无碍，口舌之争，决不甘拜下风。他的政论文章，清晰而有力，非常人可望其项背，数度与邪魔鬼怪的争辩，自然更不用提了。东坡和他父亲，被敌人攻击时，都比之为战国诡辩游说之士，而友人则誉之为有孟轲文章的雄辩之风，巧于引喻取譬，四川人为律师，必然杰出不凡。

就因为这种理由，眉州人遂有"难治"之称。苏东坡一次辩称：此地居民，不同于教养落后之地，不易为州官所欺。士绅之家，皆置有法律之书，不以精通法律条文为非。儒生皆力求遵守法律，亦求州官为政不可违法。州官若贤良公正，任期届满之时，县民必图其像，悬于家而跪拜之，铭之于心，五十年不能忘。当地人像现代的学生一样，新教师初到任，他们要对他施以考验。州官若内行干练，他们决不借故生非。新州官若有扰民傲慢之处，以后使他为难棘手之事多矣。正如苏东坡所说，眉州之民难治，非难治也，州官不知如何治之耳。

在眉州那些遗风古俗之外，民间还发展出一项社会的门阀制度。著有名声的世家列为甲等乙等，而称之为"江卿"。江卿之家不与普通人家通婚嫁，只要对方非江卿一等，再富而有势，亦不通融。另外，农民之间有一种完美的风俗。每年二月，农人开始下田工作，四月份以前拔除野草。农人数百之众，共同动手。选出二人管理，一人管钟漏，一人管击鼓。一天的开工收工完全听从鼓声。凡迟到与工作不力者皆受处罚交纳罚金。凡田多而工作人少者，都捐款归公。收割已毕，农民齐来，盛筵庆祝，击破陶土做的钟漏，用所收的罚金与指派的捐款，购买羊肉美酒，共庆丰收。这项典礼开始时，先祭农神，然后大吃大喝，直至兴尽，才各自归家。

第三章　童年与青年

苏东坡八岁到十岁之间，他父亲进京赶考，落第之后，到江淮一带游历，母亲在家管教孩子。这段时间内，家中发生一件事，《宋史》苏东坡的传记与苏辙为他母亲写的长篇碑文里，都有记载。母亲那时正教孩子《后汉书》。书上记载后汉时朝政不修，政权落入阉宦之手，当时书生儒士反抗不阴不阳的小人统治。贪婪、纳贿、勒索、滥捕无辜，是经常有的事，因为地方官都是那些太监豢养的走狗小人。忠贞廉正之士和太学生，竟不惜冒生命之险，上书弹劾奸党。改革与抗议之声，此起彼落；调查与审讯之事，层出不穷。当时学者与太学生辈，在朝廷圣旨颁布之下，或遭皮肉之苦，或遭迫害折磨，或遭谋杀丧命。

在这群正人学者中，有一个勇敢无畏的青年，名叫范滂，而苏洵的妻子正教儿子读的就是《范滂传》：

> 建宁二年，遂大诛党人，诏下急捕滂等。督邮吴导至县，抱诏书，闭传舍，伏床而泣。滂闻之，曰："必为我也。"即自诣狱。县令郭揖大惊，出解印绶，引与俱亡，曰："天下大矣，子何为在此？"滂曰："滂死则祸塞，何敢以罪累君，又令老母流离乎！"其母就与之诀。滂白母曰："仲博孝敬，足以供养，滂从龙舒君归黄泉，存亡各得其所。惟大人割不可忍之恩，勿增感戚！"母曰："汝今得与李、杜齐名，死亦何恨！既有令名，复求寿考，可兼得乎？"滂跪受教，再拜而辞。顾谓其子曰："吾欲使汝为恶，则恶不可为；使汝为善，则我不为恶。"行路闻之，莫不流涕。时年三十三。

小东坡抬头望了望母亲，问道："母亲，我长大之后若做范滂这样的人，您愿不愿意？"母亲回答道："你若能做范滂，难道我不能做范滂的母亲吗？"

东坡六岁入学。这个私塾不算小，有学童一百多人，只有一个老师，是个道士。苏东坡那副绝顶聪明的幼小头脑，很快就显露出来。在那么多的学童中，苏东坡和另外一个学生是最受老师夸奖的。那个学生是陈太初，后来也考中科举，但是出家做了道士，一心求道成仙去了。陈太初在晚年时，一直准备白昼飞升。一天，他去拜访一个朋友，朋友给他食物金钱。他出门之后，把那食物金钱全散与穷人，自己在门外盘膝打坐，在不食人间烟火之下，就准备脱离此红尘扰攘的人世间。几天之后，他呼吸了最后一口气就不动弹。那位朋友叫仆人把他的尸体移走。但是当时正是新年元旦，在一年如此吉祥的日子，仆人们不愿去搬运尸体。但是死人说了话："没关系，我可以自己搬运。"他立起身来，自己走到野外，在一个更为舒适的地方死去。这就是一般所谓道家修炼之士的"白昼飞升"。

幼年时，苏东坡在读书之外，富有多方面的兴趣。下学后，他就回家往鸟巢里窥探。他母亲已经严格告诫东坡与家中的使女，不得捕捉鸟雀。因此之故，数年之后，鸟雀知道在庭园里不会受害，有的就在庭园的树枝上做巢，矮得孩子们都可以望得见。有一只羽毛极其美丽鲜艳的小鸟，一连数日到他家的庭园去，苏东坡对这只小鸟记得特别清楚。

有时，有官员经过眉山镇，到苏家拜访，因为东坡的叔叔已经做了官。家里于是忙乱一阵，使女就光着脚各处跑，到菜园去摘菜、宰鸡，好治筵席待客。这种情形在孩子的心里，留下了很深的印象。

东坡和堂兄妹等常在母亲身边玩耍。他和弟弟辙也常到村中去赶集，或是在菜园中掘土。一天，孩子们掘出来一块美丽的石板，既晶莹光泽，又有精美的绿色条纹。在他们的敲击之下，发出清脆金属之声。他们想用做砚台，非常合用。砚台必须用一种有气孔的特别石头，要善于吸收潮湿，并且善于保存潮湿。这种好砚台对书法艺术十分重要。一方上品砚台往往为文人视为至宝。好砚台是文人书桌上的重要物品，因为文人一天大半的生活都与之有密切关系。父亲给孩子一方砚台，他必须保存直到长大成人，他还要在砚台上刻上特别的词句，祝将来文名大噪。

据有些文字记载，苏东坡十岁时，已经能写出出奇的诗句。在他那篇《黠鼠赋》里，我们找到了两句。这篇短文字是描写一只狡猾的小老鼠，掉入一个瓦瓮里，假装已死，等把瓮倒在地上，它便急速逃去，这样把人欺骗过。大约也正在此时，他的老师正读一篇长诗，诗里描写当时朝廷上一群著名的学者。苏东坡这个幼小的学童在老师肩膀后面往前窥探了一下，就开始问到与他们有关的问题。他们都是中国历史上的名人，因为在苏东坡的童年，中国是在宋朝最贤明的君主统治之下，他极力奖励文学艺术。国内太平无事，中国北方与西北的游牧民族如金、辽、西夏，这些部落蛮族本来常为患中国，这时也与宋朝相安无事。在这样的朝廷之下，贤良之臣在位，若干文才杰出的人士都受到恩宠，侍奉皇帝，点缀升平。正是在这个时候，幼童苏东坡首次听到欧阳修、范仲淹等人的大名，当下深受鼓舞。幸好在这位大诗人的童年生活里，我们还有这些对他将来崭露头角的预示。虽然苏东坡记载了不少他成年时代做的梦和梦中未完成的诗句，可是还没有什么无心流露的话，供现代的传记作家使之与解释、直觉、狂想相结合，而捏造出东坡这位诗人下意识中神经病的结构形态。苏东坡倒丝毫没提到尿布和便秘等事呢。

苏东坡十一岁时，进入中等学校，认真准备科举考试。为应付考试，学生必须读经史诗文，经典古籍必须熟读至能背诵。在班上背诵时，学生必须背向老师而立，以免偷看敞开在老师桌子上的文章。肯发愤努力的学生则把历史书上的文字整篇背过。背书时不仅仅注重文章的内容、知识，连文字措辞也不可忽略，因为做文章用的词汇就是从此学来的。用著名的词语与典故而不明言其来源出处，饱学之士读来，便有高雅不凡之乐。这是一种癖好相投者的共用语言。读者对作者之能写此等文章，心怀敬佩，自己读之而能了解，亦因此沾沾自喜。作者与读者所获得的快乐，是由观念的暗示与观念的联想而来，此种暗示比明白直说更为有力动人，因为一语道破，暗示的魅力便渺不可得矣。

这种背诵记忆实在是艰难而费力的苦事。传统的老方法则是要学生背一整本书，书未加标点，要学生予以标点，用以测验学生是否彻底了解。最努力苦读的学生竟会将经书和正史抄写一遍。苏东坡读书时也就是用这种方法。若对中国诗文朴质的经典，以及正史中常见的名称事故暗喻等典故，稍加思索，这种读书方法，自有其优点。因为将一本书逐字抄写之后，对那本书所知的深刻，绝非仅仅阅读多次所能比。这样用功方法，对苏东坡的将来大有好处，因为每当他向皇帝进谏或替皇帝草拟圣旨之际，或在引用历史往例之时，他决不会茫无头绪，就如同现代律师之引用判例一般。再者，在抄书之时，他正好可以练习书法。

在印刷术发明之前，此种抄写工作自不可免，但是在苏东坡时，书籍的印刷早已约有百年之久。胶泥活字印刷术是由一个普通商人毕昇发明，方法是把一种特别的胶泥做成单个的字，字刻好之后，胶泥变硬；然后把这些字摆在涂有一层树胶的金属盘子上，字板按行排好之后，将胶加热，用一片平正的金属板压在那些排好的字板上，使各字面完全平正。印书完毕之后，再将树胶加热，各字板便从金属盘上很容易脱落下来，予以清洗，下次再用。

苏东坡与弟弟苏辙正在这样熟读大量的文学经典之时，他父亲赶考铩羽而归。当时的科举考试有其固定的规矩形式，就像现代的哲学博士论文一样。当年那种考试，要符合某些标准，需要下过某等的苦功夫，要有记住事实的好记忆力，当然还要一般正常的智力。智力与创造力过高时，对考中反是障碍，并非有利。好多有才气的作家，像词人秦少游，竟而一直考不中。苏洵的失败，其弱点十之八九在作诗上。诗的考试，需要有相当的艺术的雅趣，措辞相当的精巧工稳，而苏洵则主要重视思想观念。因为读书人除去教书之外，仕途是唯一的荣耀成功之路，父亲名落孙山而归，必然是懊恼颓丧的。

晚辈高声朗读经典，老辈倚床而听抑扬顿挫清脆悦耳的声音，老辈认为是人生的一大乐事。这样，父亲可以校正儿子读音的错误，因初学者读经典，自然有好多困难。就好像欧阳修和后来苏东坡都那样倚床听儿子读书，现在苏洵也同样倚床听他两个儿子的悦耳读书声。他的两眼注视着天花板，其心情大概正如一个猎人射了最后一箭而未能将鹿射中，仿佛搭上新箭，令儿子再射一样。孩子的目光和琅琅之声使父亲相信他们猎取功名必然成功，父亲因而恢复了希望，受伤的荣誉心便不药而愈。这时两个青年的儿子，在熟记经史，在优秀的书法上，恐怕已经胜过乃父而雏凤清于老凤声了。后来，苏东坡的一个学生曾经说，苏洵天赋较高，但是为人子的苏东坡，在学术思想上却比他父亲更渊博。苏洵对功名并未完全死心，自己虽未能考中，若因此对儿子高中还不能坚信不疑，那他才是天下一大痴呆呢。说这话并非对做父亲的有何不敬，因为他以纯粹而雅正的文体教儿子，教儿子深研史书为政之法，乃至国家盛衰隆替之道，我们并非不知。

对苏东坡万幸的是，他父亲一向坚持文章的淳朴风格，力戒当时流行的华美靡丽的习气，因为后来年轻的学子进京赶考之时，礼部尚书与礼部主试欧阳修，都决心发动一项改革文风运动，便借着那个机会，把只耽溺于雕琢文句卖弄辞藻的华美靡丽之文的举子，全不录取。所谓华美靡丽的风格，可以说就是堆砌艰深难解之辞藻与晦涩罕见的典故，以求文章之美。在此等文章里，很难找到一两行朴质自然的句子。最忌讳指物直称其名，最怕句子朴质无华。苏东坡称这种炫耀浮华的文章里构句用字各自为政，置全篇效果于不顾，如演戏开场日，项臂各挂华丽珠宝的老妪一样。

这个家庭的气氛，正适于富有文学天才的青年的发育。各种图书插列满架。祖父现在与以前大不相同了，因为次子已官居造务监裁，为父者也曾蒙恩封赠为"大理评事"。此等官爵完全是荣誉性的，主要好处是使别的官员便于称呼。有时似乎是，求得这么一个官衔刻在墓志铭上，这一生才不白过——等于说一个人若不生而为士绅，至少盼望死得像个士绅。若不幸赶巧死得太早，还没来得及获得此一荣耀，死后还有一种方便办法，可以获得身后赠予的头衔。其实在宋朝，甚至朝廷正式官员，其职衔与真正职务也无多大关系。读者看苏家的墓志铭，很容易误以为苏东坡的祖父曾任大理评事，甚至做过太傅，而且误以为他父亲也做过太子太傅——其实这些荣耀头衔都是苏辙做门下侍郎时朝廷颁赠的。苏东坡这时有个叔父做官，两个姑母也是嫁给做官的，因此他祖父也像外祖父一样有了官衔，一个是荣誉的，另一个是实际的。

在苏家，和东坡一起长大一起读书而将来也与他关系最密切的，就是他弟弟辙，字子由。他们兄弟之间的友爱与以后顺逆荣枯过程中深厚的手足之情，是苏东坡这个诗人毕生歌咏的题材。兄弟二人忧伤时相慰藉，患难时相扶助，彼此相会于梦寐之间，写诗互相寄赠以通音信。甚至在中国伦理道德之邦，兄弟间似此友爱之美，也是迥不寻常的。苏子由生来的气质是恬静冷淡，稳健而实际，在官场上竟尔比兄长得意，官位更高。虽然二人有关政治的意见相同，宦海浮沉的荣枯相同，子由冷静而机敏，每向兄长忠言规劝，兄长颇为受益。也许他不像兄长那么倔强任性；也许因为他不像兄长那么才气焕发，不那么名气非凡，因而在政敌眼里不那么危险可怕。现在二人在家读书时，东坡对弟弟不但是同学，而且是良师。他写的一首诗里说："我少知子由，天资和且清。岂独为吾弟，要是贤友生。"子由也在兄长的墓志铭上说："我初从公，赖以有知。抚我则兄，诲我则师。"

走笔至此，正好说明一下"三苏"的名字。根据古俗，一个中国读书人有几个名字。除去姓外，一个正式名字，在书信里签名，在官家文书上签名，都要用此名字。另外有一个字，供友人口头与文字上称呼之用。普通对一个人礼貌相称时，是称字而不提姓，后而缀以"先生"一词。此外，有些学者文人还另起雅号，作为书斋的名称，也常在印章上用，此等雅号一旦出名之后，人也往往以此名相称。还有人出了文集诗集，而别人也有以此书名称呼他的。另外有人身登要职，全国知名，人也以他故乡之名相称的。如曾湘乡、袁项城便是。

老苏名洵，字明允，号老泉，老泉是因他家乡祖茔而得名。长子苏轼,字子瞻,号东坡,这个号是自"东坡居士"而来。"东坡居士"是他谪居黄州时自己起的,以后,以至今日,他就以东坡为世人所知了。中国的史书上每以"东坡"称他而不冠以姓,或称东坡先生。他的全集有时以谥号名之,而为《苏文忠公全集》,宋孝宗在东坡去世后六十年,赠以"文忠公"谥号。文评家往往以他故乡名称而称他为"苏眉州"。小苏名辙,字子由,晚年隐居,自称"颍滨遗老",因而有人称他为"苏颍滨"。有时又因其文集为《栾城文集》而称之为"苏栾城"。栾城距北平以南之正定甚近,苏姓远祖二百年前,是自栾城迁至眉州的。

一个文人有那么多名字,对研究中国历史者颇以为难。苏东坡在世时,当时至少有八人同叫"梦得",意思是在母亲怀孕前,都曾梦到在梦中得了儿子。

在东坡十六岁时,发生了一件意外的事情,使他家和他母亲的娘家关系紧张起来,也使他父亲的性格因而略见一斑。事情是,苏东坡的父亲把东坡的姐姐许配给东坡外婆家东坡的一个表兄,在中国家庭里这是常有的事。而今去古已远,我们无法知道详情,但是新娘在程家并不快乐。也许她受程家人折磨。总之,不久去世。经过的情况激起苏洵的恼怒,似乎这个新儿媳的公公是个大坏蛋。苏洵写了一首诗,暗含毒狠的字眼儿，为女儿之死而自责。然后，他露了一手非常之举。他编了一个家谱，刻在石头上，上面立了一个亭子。为庆祝此一盛事，他把苏姓全族请到，他要在全族面前，当众谴责他妻子家。在全族人已经奠酒祭告祖先之后，苏洵向族人说，村中"某人"——暗指他妻子的兄长——代表一个豪门，他已经弄得全村道德沦丧；他已然把幼侄赶走，独霸了家产；他宠妾压妻，纵情淫乐；父子共同宴饮喧哗，家中妇女丑名远播；一家是势利小人，欺下媚上，嫌贫爱富；家中车辆光亮照眼，贫穷的邻人为之侧目而视，他家金钱与官场的势力可以左右官府，最后是，"是三十里①之大盗也。吾不敢以告乡人，而私以诫族人焉"。东坡的父亲自然把妻子的娘家得罪到底了，不过他已经准备与这门亲戚根本断绝关系，所以他又告诉两个儿子永远不要和那个表兄来往。这件事发生之后四十多年内，东坡兄弟二人一直没有和那个表兄程之才有往还。不过老泉逝世之后，苏氏兄弟和外婆家别的表兄弟，倒保持了很好的亲戚关系。苏洵的对豪门的挑战与当众对豪门的谴责，略微显示出他激烈的性格，他的疾恶如仇，他儿子东坡在晚年时也表现出了这种特性。

---

① 里：市制长度单位。1 里 = 500 米。

　　东坡的母亲当然为这件事很不快，也为自己的女儿很伤心。在这一场亲戚冲突之中，她究竟是站在娘家那一方，还是站在自己的亡女这一方，这就很难猜测了。前面已经提过，这位母亲是个受过良好教养的，她父亲在朝为官，而且官位不低。据我们所知，她曾经反抗家中那份金钱势力的恶习气，至少反对她哥哥的邪恶败德的行为。她可以说是受了伤心断肠的打击，身体迅速坏下去。

　　在中国流行一个很美妙的传说，说苏东坡有一个虽不甚美但颇有才华的妹妹。她颇有诗才，嫁了一位词家，也是苏东坡的门下学士，秦观。故事中说，她在新婚之夜，拒绝新郎进入洞房，非要等新郎作好了她出的一副对子才给他开门。那个上联很难对，秦观搜索枯肠，终难如意，正在庭院里十分焦急地走来走去，苏东坡却助了他一臂之力，他才对上了下联。另有故事说这一对情侣曾作奇妙的回文诗，既可以顺着读，又可以倒着读，更可以成为一个圆圈读。在此等故事里，据说苏东坡曾经向他妹妹说："妹若生为男儿，名气当胜乃兄。"这虽然是无稽之谈，人人却都愿相信。但不幸的是，我们找不到历史根据。在苏东坡和弟弟子由数百封信和其他资料之中，虽然多次提到秦观，但是我始终没法找到他们有什么亲戚关系的踪迹。苏东坡当代数十种笔记著作之中，都不曾提到苏东坡还有个妹妹。再者，秦观在二十九岁并且已经娶妻之后，才初次遇见苏东坡。苏东坡的妹妹，即便真有此一位才女，在秦观初次遇见苏东坡时，她已然是四十左右的年纪了。这个故事后来越传越广越逼真，成了茶余酒后最好的趣谈。此等民间故事之所以受一般人欢迎，正是以表示苏东坡的人品多么投好中国人的癖好。

不过，苏东坡倒有一个堂妹，是他的初恋情人，而且他毕生对伊人念念不忘。东坡的祖父去世之后，他父亲远游归来，他的叔叔和家属也回来奔丧。这时堂兄堂妹颇有机会相见，也可以一同玩耍。据苏东坡说，伊人是"慈孝温文"。因为二人同姓，自然联姻无望，倘若是外婆家的表妹，便没有此种困难了。后来，此堂妹嫁与一个名叫柳仲远的青年。以后，苏东坡在旅游途中，曾在靖江她家中住了三个月。在堂妹家盘桓的那些日子，东坡写了两首诗给她。那两首颇不易解，除非当作给堂妹的情诗看才讲得通。当代没有别的作家，也没有研究苏东坡生平的人，曾经提到他们的特殊关系，因为没人肯提。不过，苏东坡晚年流放在外之时，听说堂妹逝世的消息，他写信给儿子说"心如刀割"。在他流放归来途经靖江之时，堂妹的坟就在靖江，他虽然此时身染重病，还是挣扎着到坟上，向堂妹及其丈夫致祭。第二天，有几个朋友去看他，发现他躺在床上，面向里面墙壁，正在抽搐着哭泣。

第四章　应试

在苏东坡兄弟年二十岁左右，已经准备好去赶考之时，不可免的事，婚姻问题也就来临了。他们若是未婚进京，并且一考而中，必然有女儿长成之家托人向他们提亲。那时有求婚的风俗，京都中有未婚之女的富商都等待着考试出榜，向新得功名的未婚举子提亲。所以科举考试举行的季节，也是婚姻大事进行得活跃的季节。在父母看来，让儿子娶个本地姑娘，他们对姑娘的家庭知根知底，自然好得多。按照当年的风俗，青年的婚姻一向是由父母妥为安排。苏东坡年十八岁时，娶了王弗小姐。王弗小姐那时十五岁，家住青神，在眉山镇南约十五里，靠近河边。次年弟弟子由成家，年十六岁，妻子比他小两岁。当然算是早婚，但是并不足为奇。

在根本道理上看，早婚，当然并不一定像苏氏兄弟那么早，在选择与吸引合意的配偶时，可以省去青年人好多时间的浪费和感情的纷扰。在父母看来，年轻人若能把爱情、恋爱早日解决，不妨碍正事，那最好。在中国，父母自然应当养儿媳妇，年轻的男女无须乎晚婚。而且一位小姐爱已经成为自己丈夫的男人，和爱尚未成自己丈夫的男人，还不是一样？不过在拼命讲浪漫风流的社会里，觉得婚前相爱更为惊奇可喜罢了。无论如何，苏家兄弟婚后却很美满。但这并不是说由父母为儿女安排的婚姻不会出毛病，也不是说这样的婚姻大都幸福。所有的婚姻，任凭怎么安排，都是赌博，都是茫茫大海上的冒险。天下毕竟没有具有先见的父母或星相家，能预知自己儿女婚姻的结果，即便是完全听从他们的安排也罢。在理想的社会里，婚姻是以玩捉迷藏的方式进行的，未婚的青年男女年龄在十八岁到二十五岁之间，虽然当地社会伦理和社会生活十分安定，但是幸福婚姻的比例，也许还是一样。男人，十八岁也罢，五十八岁也罢，几乎没有例外，在挑选配偶时，仍然是以自然所决定的优点为根据的。他们仍然是力图做明智的选择，这一点就足以使现代的婚姻不致完全堕落到动物的交配。婚姻由父母安排的长处是简单省事，容易成就，少费时间，选择的自由大，范围广。所有的婚姻，都是缔构于天上，进行于地上，完成于离开圣坛之后。

次子子由成婚之后，父子三人起程赴京。他们先要到省会成都，拜谒大官张方平，后来张方平对苏东坡几乎如同严父。为父的仍然打算求得一官半职。他现年四十七岁，但自上次科举名落孙山之后，一直苦读不懈。在那段期间，他已经写了一部重要的著作，论为政之道、战争与和平之理，显示出真知灼见，此一著作应当使京都文人对他刮目相看。当时只要有名公巨卿有力的推介，朝廷可以任命官职。苏洵把著作呈献给张方平，张方平对他十分器重，有意立刻任他为成都书院教席。但是老苏意犹未尽。最后，张方平在古道热肠之下，终因情面难却，乃写信给文坛泰斗欧阳修，其实当时张与欧阳相处得并不十分融洽。另外有一位雷姓友人，也写了一封推荐信，力陈老苏有"王佐之才"。怀有致欧阳修与梅尧臣的书信，父子便自旱路赴京，迢迢万里，要穿剑阁，越秦岭，为时需两月有余。

在仁宗嘉祐元年（1056）五月，三苏到了汴梁城，寄宿于僧庙，等待秋季的考试。这是礼部的初试，只是选择考生以备次年春季皇帝陛下亲自监督的殿试。在由眉州来京的四十五个考生之中，苏氏昆仲在考中的十三名之内。当时除去等候明春的殿试之外，别无他事，父子三人乃在京都盘桓，在城内游览，参加社交活动，与社会知名人士结交。苏洵将著作向德高望重的欧阳修呈上。欧阳修一副和蔼可亲的样子，两耳长而特别白皙，上唇稍短，大笑时稍露牙龈。欧阳修，看来并非美男子，但是一见这位文坛盟主而获得他的恩宠，却足以使天下士子一慰其梦寐之望。欧阳修之深获学术界敬爱，是由于他总是以求才育才为己任。他对苏洵热诚接待，并经他介绍，老苏又蒙枢密韩琦邀请至家，又转介绍认识一些高官显宦。不过苏洵冷淡自负的态度，在朝廷的领袖人物心目之中，并未留下什么好印象。

苏氏兄弟则游逛华美的街市，吃有名的饭馆子，站在寒冷的露天之下，以一副羡慕的心情注视大官在街上乘坐马车而过。宋朝共有四个都城，河南开封为首，称为东都。开封有外城内城。外城方十三里，内城七里，城周有城门十二座，入城处有两层或三层的城圈，用来围困进犯的敌军。城墙上筑有雉堞，供发炮射箭之用。因为国都地处一低下之平原，无险可守，只有北部黄河绵延约有二百里（今日之陇海铁路即沿河而行），可以拱卫国都，因此拟订了一个设想极为周密的军事防御计划。

在西部洛阳，距开封约一百三十里，建立西都，用以扼制经军事要隘潼关自西北而来的进犯。在东部约八十里以外的商丘，设立另一军事重镇，是为南都，并不怕有敌人自南部而来。在另一方面，唐朝末年，蛮族已自北方侵入中国。当时有一军阀，由于向北番异族一霸主效忠，在其卵翼之下，遂成立朝廷，对抗中国。石敬瑭向契丹王以儿子自称，但自谓深爱中国并关心国家之太平与百姓之幸福。他自称"儿皇帝",称契丹王为"父皇帝"。他在世之时,使中国形成分裂,获取外族之赞美。但是国家应当慎谋严防有此等情形出现。不论古今,在中国总是有打着爱国旗号的汉奸,只要自己能大权在握显赫一时,便在救国救民的堂皇名义之下,甘心充当异族的傀儡。石敬瑭后来以"儿皇帝"之身,为"父皇帝"所废,羞愤而死,此一事实并不足以阻止十二世纪时另一傀儡张邦昌之出现。而在张邦昌失去利用价值后,立即推翻他,弃之如敝屣,但这并不足以阻止清末另一个汉奸吴三桂向关外借兵,进入长城,让满洲人毁灭了中国政府。宋朝因此在河北南部的大名府,建立了北京,遏止北方异族的南侵。

开封是中国首都大城,保有皇都的雄伟壮丽,财富之厚,人才之广,声色之美,皆集于朝廷之上。城外有护城河围绕,河宽百尺[①],河的两岸种有榆树杨柳,朱门白墙掩映于树木的翠绿之间。有四条河自城中流过,大都是自西而东,其中最大者为汴河,从安徽河南大平原而来的食粮,全在此河上运输。河上的水门夜间关闭。城内大街通衢,每隔百码,设有警卫。自城中流过的河道上,架有雕刻的油漆木桥相通。最

---

① 尺:市制长度单位。三尺为一米。

重要的一座桥在皇宫的前面，乃精心设计，用精工雕刻的大理石筑成。皇宫位于城市之中央。南由玄德楼下面的一段石头和砖建的墙垣开始，皇宫的建筑则点缀着龙凤花样的浮雕，上面是光亮闪烁的殿顶，是用各种颜色的琉璃瓦建成的。宫殿四周是大街，按照罗盘的四角起的街名。皇宫的西面为中书省和枢密院。在外城的南部，朱雀门之外，有国子监和太庙。街上行人熙来攘往，官家的马车、牛车、轿子——轿子是一般行旅必需的——另外有由人拉的两轮车，可以说是现代东洋车的原始型，这些车轿等在街上川流不息。坐着女人的牛车上，帘子都放了下来。在皇城有个特点，就是必须戴帽子，即使低贱如算命看相的，也要打扮得像个读书人。

殿试的日子到了。皇帝任命欧阳修为主试官，另外若干饱学宿儒为判官。在读书人一生这个紧要关头到来之际，大家心中都是紧张激动，患得患失。过去多年来三更灯火五更鸡的苦读力学，都是为了这一时刻。考生必须半夜起身，天甫黎明就要来到皇宫之外，身上带着凉的饭食，因为没考完是不许出考场的。在考试时，考生要各自关闭在斗室之中，有皇宫的侍卫看守。朝廷有极严厉的规定，借以防止纳贿或徇私。考生的试卷在交到考试官之前，先要由书记重抄一遍，以免认出试卷的笔迹。在重抄的试卷上，略去考生的名字，另存在档册里。考生在考完放出之时，考试官则关入宫中闱场，严禁与外界有任何接触，通常是从正月底到三月初，直到试卷阅毕呈送给皇上为止。考生首先考历史或政论，次考经典古籍，最后，在录取者的试卷已阅毕，再在皇帝陛下亲自监察之下考诗赋，然后再考策论。宋仁宗特别重视为国求才，对这种考试极为关注。他派贴身臣仆把题目送去，甚至有时为避免泄露，他还在最后一刹那改变题目。

苏氏兄弟都以优等得中。苏东坡的文章，后来欧阳修传给同辈观看，激赏数日。那篇文章论的是为政的宽与简，这正是苏东坡基本的政治哲学。不过，不幸有一个误会。欧阳修对此文章的内容与风格之美十分激赏，以为必然是他的朋友曾巩写的。为了避免招人批评，他把本来列为首卷的这篇文章，改列为二卷，结果苏东坡那次考试是名列第二。在仁宗嘉祐二年（1057）四月八日，苏东坡考中，在四月十四日，他那时才二十岁，成为进士，在三百八十八人之中几乎名列榜首。得到此项荣誉，于是以全国第一流的学者知名于天下。

苏东坡这个才气纵横的青年，这次引用历史事例，却失之疏忽，而且在试卷上杜撰了几句对话。他发挥文意时说，在赏忠之时，宁失之宽厚；在罚罪之时，当恻然有哀怜之心，以免无辜而受戮。他写道："当尧之时，皋陶为士，将杀人。皋陶曰杀之，三。尧曰宥之，三。"这几句对白读来蛮好，显示贤君亦肯用不肖，使之有一展长才之日，这种史实颇可证实明主贤君用人之道。判官梅圣俞阅卷至此，对尧与皋陶有关此事之对白，不敢公然提出查问，因为一经提出，即表示自己对年久湮没的古籍未曾读过。苏东坡因此才得以混过。考试过去之后，梅圣俞一天问苏东坡：

　　"可是，尧和皋陶这段话见于何书？我一时想不起在何处读过。"

　　苏东坡这位年轻学者承认说："是我所杜撰。"

　　梅圣俞这位前辈宿儒大惊："你所杜撰！"

　　东坡回答说："帝尧之圣德，此言亦意料中事耳。"

　　主考官录取一学生，即表示自己克尽其职发现了真才，二人彼此之间即形成了"老师"与"门生"终身不渝的关系。考中的门生要去拜谒主考老师致敬，并修函感谢恩德。欧阳修为当时文学权威，一字之褒，一字之贬，即足以关乎一学人之荣辱成败。当年一个作家曾说，当时学者不知刑罚之可畏，不知晋升之可喜，生不足欢，死不足惧，但怕欧阳修的意见。试想一想，欧阳修一天向同僚说的话，那该有何等的力量啊！他说："读苏东坡来信，不知为何，我竟喜极汗下。老夫当退让此人，使之出人头地。"这种话由欧阳修口中说出，全京都人人都知道了。据说欧阳修一天对儿子说："记着我的话。三十年后，无人再谈论老夫。"他的话果然应验，因为苏东坡死后的十年之内，果然无人再谈论欧阳修，大家都谈论苏东坡。他的著作在遭朝廷禁阅之时，有人还暗中偷读呢。

苏东坡的宦途正要开始，母亲病故。根据儒家之礼，这当然是极其重大之事，甚至官为宰相，也须立即退隐，守丧两年三个月之后，才能返回复职。东坡的姐姐已于数年前去世，因此苏氏全家三个男人进京应试之后，家中只有母亲和两个儿媳妇。母亲死时还没听到京都的喜讯。苏家父子三人急忙返家，到家只见母亲已去，家中一团纷乱，篱墙倾倒，屋顶穿漏，形如难民家园。

正式办完丧礼之后，他们在一山坡之下名为"老翁泉"的地方，挑选一处作为苏家的茔地。这个泉之所以得此名，是因为当地人说月明之夜，可见一白发俊雅老翁倚坐在堤防之上，有人走近时，老翁则消失于水中。后来苏洵也葬埋于此，因为那片地方的名称，苏洵通常亦称为"苏老泉"。

苏洵在祭妻文里说：

> 非官实好，要以文称。……嗟余老矣，四海一
> 身。自子之逝，内失良朋……昔予少年，游荡不学，
> 子虽不言，耿耿不乐。我知子心，忧我泯没。感叹
> 折节，以至今日……有蟠其丘，惟子之坟。凿为二
> 室，期与子同……我归旧庐，无不改移。魂兮未泯，
> 不日来归。

居丧守礼之下的一年又三个月的蛰居生活，是苏东坡青年时期最快乐的日子。兄弟二人和年轻的妻子住在一起。东坡常到青神岳父家去。青神位于美丽的山区，有清溪深池，山巅有佛寺，涉足其间，令人有游仙寻异超然出尘之感。东坡常与岳父家叔伯表兄弟等前往庙中游历，坐在瑞藻桥附近的堤防上，以野外餐饮为乐。在夏季的夜晚，他坐在茅屋之外，吃瓜子和炒蚕豆。岳父家为大家庭：有岳父王杰，两个叔叔及其妻子儿女。在岳父家约三十个人之中，有一个小姐，名唤"二十七娘"，是命定与苏东坡一生不可分的。

这时，老苏正在等待京中的任命消息。这时他接受官职并无不当，因为妻丧和母丧不同。京师已经有巨官显宦答应

提拔他，但是他已等了一年有余，尚无消息到来。最后，终于有圣旨下降，要他赴京参加一种特殊考试。这一来，使此翁着了慌。因为这时他已经有了一种惧怕考试的心理。他给皇帝上一奏折，谢绝前去，以年老多病为辞。但是在给朋友的信里则说："仆……非求仕者，亦非固求不仕者……何苦乃以衰病之身，委曲以就有司之权衡，以自取轻笑哉……向者《权书》《论衡》几策，乃欧阳永叔以为可进而进之。苟朝廷以为其言之可信，则何所事试？苟不信其平居之所云，而其一日仓卒之言又何足信耶？"给梅圣俞的信里说："惟其平生不能区区附和有司之尺度，是以至此穷困……自思少年尝举茂才，中夜起坐，裹饭携饼，待晓东华门外，逐队而入，屈膝就席，俯首据案。其后每思至此，即为寒心……"

第二年，仁宗嘉祐四年（1059）六月，他又接到朝廷的圣旨，仍是上一次的内容。并未言及免除任何考试，自然不足餍足老泉之望。朝廷主其事者当对他前所呈奏信而不疑才是——相信固好，否则即搁置亦可。他是不肯像学童一样去接受考问的，所以他又再度辞谢。他的奏折上说他已年近五十。五十之年又何以能报效国家？身为读书人之所以愿居官从政，欲有以报效国家也，否则为一寒士足矣。倘若他此时再入仕途，既无机会以遂报国之志，又不能享隐逸贤达之清誉。他最后结束说，时已至夏季，下月其子之居丧将满，他将随子入都一行，届时当一谒当道，细叙情由。全信中之语气显示他在五十之年，实已无意入朝为官，除非有力人士能使他不再如童子之受考试。

事实上，苏洵的妻子已死，他已准备远离家乡而不复返。非常明显，他是适于住在京都的。他的两个儿子既然已中进士，下一步就看朝廷何时有缺可以派儿子去任职，他自己倒也罢了。在居丧期满之后刚过两个月，父子三人又再度起程入京。这一次有两个儿媳同行，出发之前，已经把亡母之灵柩安排妥当。苏洵使人请了六尊菩萨像，安放在两个雕刻好镀金的佛龛中，供在极乐寺的如来佛殿里。那六尊菩萨是：观世音菩萨、势至菩萨、天藏王、地藏王、解冤王者、引路王者。出发之前，苏洵正式把这些佛像供在庙里，并且去向亡妻灵前告别。祭文的结语是："死者有知，或升于天，或升于四方，上下所适如意，亦若余之游于四方而无系云尔。"

第五章　父与子

父子三人和两个儿媳妇，现在已经准备妥当，即将进京。这次和前一次自然不同，三人已是文名大著，宦途成功几乎已确然无疑。这次举家东迁，要走水路出三峡，而不是由陆路经剑门穿秦岭。这次行程全长一千一百余里，大概是七百里水路，四百里旱路，要从十月起程，次年二月到达。用不着太急，因为有女人同行，他们尽可从容自在，在船上饮酒玩牌，玩赏沿途美景。两个妯娌从来没有离开过老家，心里知道这次是与进士丈夫同游，但可没料到她俩是在大宋朝三个散文名家的家庭里，而且其中一个还是诗词巨擘呢。一路上兄弟二人时常吟诗。那时所有读书人都会作诗，借以写景抒情，就如同今天我们写信一样。子由的妻子姓史，出自四川旧家。东坡的妻子的地位年龄较高，她属于实际聪明能干型，所以子由的妻子与她相处，极为容易。并且，老父这一家之长，也和他们在一起，做晚辈的完全是服从柔顺，大家和睦相处。在这位大嫂眼里，三个男人之中，她丈夫显然是易于激动，不轻易向别人低头，而说话说得滔滔不绝。子由身材较高而消瘦，不像哥哥那么魁伟，东坡生而颅骨高，下巴颏儿和脸大小极为相配，不但英俊挺拔，而且结实健壮。和他们在一起的，还有东坡的小儿子，是苏家的长孙，就是那一年生的。有这么一个孩子，这家真是太理想，太美满了。倘若这个孩子早生一年，多少有点儿让人不好意思，因为觉得这位年轻才子苏东坡是在母丧期间和妻子太任性，太失于检点。宋朝的道学先生就会说他有亏孝道，要对他侧目而视了。

苏家是在以大石佛出名的嘉州上船，对两对小夫妇而言，这是一次富有希望的水路旅行，有兴致、有热情、有前途、有信心。真是"故乡飘已远，往意浩无边"。四川为中国最大的省份（之一），其大与德国相似，也是和三国的历史密切相关的。走了一个月才到东边的省界，这时三峡之胜才开始，山顶上的城镇庙宇，会令他们想起古代的战将、过去的隐人道士。兄弟二人上岸，游历仙都。据说当年有一个修行的道士，在白昼飞升之前就住在那个地方。东坡这个少年诗人早期写的诗，其中有一首，是关于传说中的一头白鹿的，也就是那个道士身边相伴的那头鹿，这首诗足以证明东坡精神的超逸高士。那首诗是：

日月何促促，尘世苦局束。

仙子去无踪，故山遗白鹿。

仙人已去鹿无家，孤栖怅望层城霞。

至今闻有游洞客，夜来江市叫平沙。

长松千树风萧瑟，仙宫去人无咫尺。

夜鸣白鹿安在哉，满山秋草无行迹。

长江三峡，无人不知其风光壮丽，但对旅客而言，则是险象环生。此段江流全长一百二十余里，急流漩涡在悬崖峭壁之间滚转出入，水下暗石隐伏，无由得见，船夫要极其敏捷熟练，才可通行。三峡之中，每年都有行船沉没、旅客丧生之事，在如此大而深的江流之中，一旦沉下，绝无生望。然而三峡确是富有雄壮惊人之美，在中国境内无一处可与比拟，在世界之上，也属罕见。四川何以向来能独自成一国家，原因就在自然地理方面，省东界有高山耸立，水路则有三峡之险，敌人无从侵入。

经三峡时如若逆流而上，船夫的操作真是艰苦万分。那时，一只小平底木船，要由六十至七十个纤夫，用长绳子一头拴在船上，一头套在肩上，在势如奔马的狂波中逆流而上，在沿江的岸边一步步俯首躬身向上跋涉而行。顺流而下时，则危险更大，在水流漂浮而下之时，全船的安全全操在一个舵夫之手，他必须有极高的技巧、极丰富的经验，才能使船庶乎有惊而无险。三峡也者，即为四川境内的瞿塘峡、巫峡和湖北省宜昌以上的西陵峡。每一个峡都是一连串危险万分的洪流激湍，其中漩涡急流交互出现，悬崖峭壁陡立水中，达数百尺之高。

惊险之处自瞿塘峡开始，因为水中有若干巨大的岩石，因季节之不同、水面之高低而形状不同，而岩石有时立出水面高达三十尺，有时又部分隐没于水中。当时正是冬季，正是江面航行困难之时。因为水面变窄，夏季洪水泛滥时与冬季水干时，江面水平高低之差，竟达一百尺之多。船夫总是不断注视江心岩石边水的高度。这些岩石叫滟滪堆，是因为惊涛骇浪向巨大岩石上冲击，水花飞散起来，犹如美女头上的云鬟雾鬓，因此而得名。滟滪堆的巨石在完全淹没之时，则形成一片广阔的漩涡，熟练的船夫，亦视之为畏途。当地有个谚语说："滟滪大如马，瞿塘不可下；滟滪大如象，瞿塘不可上。"这两句俗语也不见得有多大用处，只因为河床的变化太大，有的地方水位低时宜于行船，有的地方水位高时便于行船，主要以隐藏于水下的岩石之高低为准。有的地方，偶然降有大雨，船夫就要等候数天，直到水恢复到安全的水位再开船。纵然如此危险，人还是照旧走三峡，或为名，或为利，而不惜冒生命之险，就像现在苏家一样。出外旅行的人，极其所能，也只有把自己的安危委诸天命，因为除此之外，别无办法。行经三峡的人，往往在进入三峡之前焚香祷告，出了三峡再焚香谢神。不管他们上行下行，在三峡危险的地方，神祇准保有美酒牛肉大快朵颐。

自然界有不少奇妙之事，在这里，三峡正好是奇谈异闻滋生之处，这里流传着山顶上神仙出没的故事。在进入瞿塘峡处，有"圣母泉"，是在岸上岩石间有缝隙，能回答人声。每逢有旅客上去向缝隙大呼"我渴了"，泉即出水，正好一杯之量而止。要再喝第二杯还需喊叫。

苏家向神祈求赐福之后，开船下驶。因为船只行驶时相距太近会发生危险，通常都是在一条船往下走了至少半里之后，另一条船才开出。若逢官家有船通过时，有兵丁手持红旗，按距离分立江边，前面的船已然平安渡过险地之后，便挥旗发出平安信号。苏东坡就曾作诗描写道：

入峡初无路，连山忽似龛。
萦纡收浩渺，蹙缩作渊潭。
风过如呼吸，云生似吐含。
坠崖鸣窣窣，垂蔓绿毵毵。
冷翠多崖竹，孤生有石楠。
飞泉飘乱雪，怪石走惊骖。

偶尔他们的船驶过一个孤立的茅屋，只见那茅屋高高在上侧身而立，背负青天，有时看见樵夫砍柴。看那茅屋孤零零立在那里，足可证明居住的人必然是赤贫无疑，小屋顶仅仅盖着木板，并无瓦片覆盖。苏东坡正在思索人生的劳苦，忽然瞥见一只苍鹰在天空盘旋得那么悠然自在，似乎丝毫不为明天费一些心思，于是自己盘算，为了功名利禄而使文明的生活受到桎梏镣铐的夹锁，是否值得？在高空飘逸飞翔的苍鹰正好是人类精神解脱后的象征。

现在他们的船进入巫峡了，巫峡全长五十里，高山耸立，悬崖迫人，江面渐窄，光线渐暗，呈现出黎明时的昏黄颜色，仿佛一片苍茫，万古如斯。自船面仰望，只见一条细蓝，望之如带，那正是天空。只有正值中午，才能看见太阳，但亦转瞬即逝；在夜间，也只有月在中天之际，才能看见一线月光。岸上巨石耸立，巨石顶端则时常隐没于云雾中。因为风高力强，云彩亦时时改变形状，山峰奇高可畏，亦因云影聚散而形状变动不居，虽绘画名家，亦无法捉摸把握。巫山十二峰中，神女峰状如裸女，自从宋玉作《神女赋》以来，独得盛名。此处，高在山巅，天与地互相接触，风与云交互鼓荡，阴阳雌雄之气，获得会合凝聚，是以"巫山云雨"一词，至今还留为男女交欢之称。峡内空气之中，似乎有神仙充盈，而云雾之内亦有精灵飞舞。苏东坡青年的理性忽然清醒，他觉得此等神话悖乎伦理。他说："成年之人也仍不失其童稚之心，喜爱说神道鬼。《楚辞》中的故事神话，全是无稽之谈。为神仙而耽溺于男女之欲者，未之有也。"

这时有一个年老的船夫，开始给他们说故事。他自称年轻时，常攀登那些最高的山峰，在山顶池塘中洗浴，衣裳挂在树枝上晾干。山中有猿猴，但是他爬到那样高处，鸟鸣猿啼之声已渺不可闻，只有一片沉寂与山风之声而已。虎狼也不到那样高处，所以只有他一人，但他并不害怕。神女祠附近有一种特别的竹子，竹枝柔软低垂，竟直触地面，仿佛向神俯首膜拜一样。有风吹拂，竹枝摆动，使神坛随时保持清洁，犹如神女的仆人一般。苏东坡听了，颇为所动，心想："人也许可以成仙，困难就在于难忘人欲耳。"（神仙固有之，难在忘势利。）在东坡一生之中，他也和当代其他人一样，很相信会遇到神仙，相信自己也许会成仙。

他们的船进巫峡之时，"神鸟"开始随船而飞。其实这种乌鸦也和其他聪明的鸟一样。因为在神女祠上下数里之内，这些乌鸦发现有船来，就一路追随，从船上乘客那儿啄取食物。乘客往往与乌鸦为戏，他们把饼饵扔到半空中，兴高采烈地看着神鸦自天空俯冲下来，将食物由空中衔起，百无一失。

这一带地方，自然无人居住，也不适于人居住。三苏行经"东瀼滩"时，波涛汹涌，船身被打击抛掷，就像一片枯干的树叶在漩涡之中一般。在他们以为已经过了最危险的地方时，谁知又来到"怒吼滩"。这里更为惊险，怪石如妖魔，沿岸罗列，有的直入江心。然后又来到一个地方，叫作"人鲊瓮"，意思是好多旅客在此丧命，就如同一罐子死鱼。这里是一块特别巨大的圆石头，伸入江中，占了水道的五分之四宽度，水道因之变窄，逼得船只经过此处时，必须急转直下。凡是旅客过了人鲊瓮，都觉得那个老船夫，真不啻自己"生身的父母，再造的爹娘"一样。

出了巫峡，他们不久就到了秭归，开始看见沿岸高高低低散布着些茅屋陋舍。此处是一极小的乡镇，居民不过三四百家，坐落在陡峭的山坡上，居民极为贫苦。可是想到这一带令人心神振奋的风光之美，觉得在这个半文明的穷乡僻壤，居然出了两个大诗人，一个著名的皇后，还有另一个历史上著名的女人，也并非无故了。这大概就是奇山异水钟灵毓秀的缘故吧。一般居住山地的人，在风俗上总是把东西装在桶里或筐子里而背在背上，而且大部分是由妇女背着，这很容易使人肌肉疲劳，但是却永远对她们的身段儿有益。处在这里，未嫁的姑娘总是把头发分开，高高梳成两个扁圆的髻儿，以别于已婚的妇人。髻儿上插着六根银簪子，横露在两侧，另外还拢上一个大象牙梳子，有手掌那么大小，在头的后面。

　　苏家现在才过了巫峡和瞿塘峡,最要命的一个还在下面呢。大约三十年之前,有一次山崩,尖锐的岩石滚落在江心,使船只无法通过。江面的交通在这带断绝了大约二十年,后来才勉强开了一条狭窄的通道。这个地方因之叫作"新滩"。在此处因为风雪甚大,苏家在此停留了三天。苏东坡曾有诗记此事:

> 缩颈夜眠如冻龟,雪来惟有客先知。
>
> 江边晓起浩无际,树杪风多寒更吹。
>
> 青山有似少年子,一夕变尽沧浪髭。
>
> 方知阳气在流水,沙上盈尺江无澌。
>
> 随风颠倒纷不择,下满坑谷高陵危。
>
> 江空野阔落不见,入户但觉轻丝丝。
>
> 沾裳细看巧刻镂,岂有一一天工为。
>
> 霍然一挥遍九野,吁此权柄谁执持?
>
> …………
>
> 山夫只见压樵担,岂知带酒飘歌儿。
>
> …………
>
> 冻吟书生笔欲折,夜织贫女寒无帏。
>
> 高人著屐踏冷冽,飘拂巾帽真仙姿。

野僧斫路出门去，寒液满鼻清淋漓。

…………

舟中行客何所爱，愿得猎骑当风披。

草中咻咻有寒兔，孤隼下击千夫驰。

敲冰煮鹿最可乐，我虽不饮强倒卮。

楚人自古好弋猎，谁能往者我欲随。

纷纭旋转从满面，马上操笔为赋之。

    长江在此处有如此自然的危险，本地人却因此落个有利可图。他们打捞沉船，转卖木板用以修理别的船，他们便以此为业。他们也像一般名胜古迹城镇的居民一样，观光客往往因故不得不在本地停留数日，他们就可以和观光客交易而有生意做。此地江流湍急，船上的货物往往需要卸下，而乘客也宁愿在岸上走走，使身体舒服一下。

    从秭归再往下走，已然可以在遥远的地平线上望见大牛的背部耸立在较近的山岭顶端。他们现在正在进入的地区，是以庞大的黄牛山为主要景物的。这里的岩石甚为奇怪，在山岭的侧影蚀刻在遥远的天空时看来，黄牛山这头巨牛似乎是由一个穿蓝衣戴斗笠的牧童牵着。本地有个俗语描写这头黄牛蛮横的面貌说："朝发黄牛，暮宿黄牛，三朝三暮，黄牛如故。"本地的女人脸皮细嫩白净，头上包着小黑圆点儿的头巾。风光之美可与巫峡抗衡，在有些乘客看来，甚至会超巫峡之上。那种风景正是在中国山水画上常可见到的。形状令人难以置信的巨石，矗立天际，望之如上帝设计的巨型屏风；又有如成群的石头巨人，或俯首而立，或跪拜于地面向上苍祷告。河边上的岩石，层层排列成阵，似乎是设计出来欲以大自然之壮丽故意向人炫示。此处有一巨大之断崖，表面平坦，竖立如同巨剑，尖端正刺入江岸。再沿江下行不远，危险的航程即将毕事之前，来到了虾蟆培。虾蟆培是一个巨大的扁圆石头，酷似一个青蛙头，口中有水滴入河中，形状极似水晶屏风。此一巨大的扁圆石头，呈苔绿色，背上满是晶莹的小水珠。青蛙尾尽处为一石洞，其中发出清脆的潺湲之声。有些赴京赶考的举子往往在青蛙嘴边接水，带到京中研墨，供做文章之用。

过了虾蟆培不远，大自然一阵子的天威怒气，算是消散尽了，岩石江水的洋洋大观也收场了，从宜昌以下，风光一变而为平静安详。夕阳照着一带低平的稻田与炊烟处处的茅舍，提醒旅客们已再度回到人类可以安居的世界。一般习俗是，旅客到此，因为逃过灾难，转危为安，都相向庆祝。旅客以美酒猪肉犒劳船夫，人人快乐，人人感恩。回顾过去，都以为刚刚做了一个荒唐梦。

到了江陵，苏家弃船登陆，乘车起旱，奔向京都。江上航行完毕之日，兄弟二人已然作了诗歌百首。这些诗另集印行，名之为《南行集》。但是，苏东坡最好的几首诗是在陆地上的行程中写的。那几首诗特别注重音韵情调气氛之美，节奏极好，形式多变化。在襄阳他写了几首歌，如《船夫吟》《野鹰来》，系为追忆刘表而作，《上堵吟》则为追忆孟氏因手下二将不才失去沃土的经过。其诗为：

> 台上有客吟秋风，悲声萧散飘入宫。
>
> 台边游女来窃听，欲学声同意不同。
>
> 君悲竟何事，千里金城两稚子。
>
> 白马为塞凤为关，山川无人空且闲。
>
> 我悲亦何苦，江水冬更深，鳊鱼冷难捕。
>
> 悠悠江上听歌人，不知我意徒悲辛。

苏家在二月安抵京城。他们买了一栋房子，附有花园，约有半亩①大，靠近仪秋门，远离繁乱的街道。绕房有高大的

---

① 亩：市制土地面积单位。1 亩 = 666.7 平方米。

老槐树和柳树，朴质无华的气氛，颇适于诗人雅士居住。一切安顿之后，父子三人便恭候朝廷任命了，当然那一向是需时甚久的。兄弟二人又经过了两次考试，一是考京都部务；另一种更为重要，名为"制策"，要坦白批评朝政。仁宗求才若渴，饬令举行此种考试，以激励公众舆论的风气，所有读书人经大臣推荐，并凭呈送的专门著述之所长，都可以申请参加。苏氏兄弟经大臣欧阳修的推荐，都申请而蒙通过。苏东坡蒙朝廷赐予的等级，在宋朝只有另一人获得。他又呈上二十五篇策论文章，其中有些篇已经成为后世学校中必读的散文。后来，皇后告诉人，仁宗曾经说："今天我已经给我的后代选了两个宰相。"

万幸的是，苏洵被任命为校书郎，并未经考试，正合他的本意，后来又授以新职，为本朝皇帝写传记。这本来就是作家的事，他自然乐于接受。但是后来出现了问题，就是那些皇帝都是当今天子的先人，他们的传记需忠实到什么程度呢？苏洵决定采取史家的严格写法，史家不应当文过饰非，即使为自己的先人立传，亦当如此。于是有了争论，在今日苏洵的文集里尚保有下列的文句：

　　　　洵闻臣僚上言，以为祖宗所行不能无过差。不

经之事，欲尽芟去，无使存录……纂集故事……非
曰制为典礼而使后世遵而行之也。然则洵等所编者，
是史书之类也。遇事而记之，不择善恶，详其曲折，
而使后世得知而善恶自著者，是史之体也。若夫存
其善者，而去其不善，则是制作之事，而非职之所
及也……班固作汉志，凡汉之事悉载而无所择。今
欲如之，则先世之小有过差者，不足以害其大明，
而可以使后事无疑之。

苏氏父子的文名日盛。他们与当代名家相交往，诗文为
人所爱慕，一家皆以文坛奇才而知名于时。兄弟刚二十有余，
年少有时也会成为天才的障碍。苏东坡这时轻松愉快，壮志
凌云，才气纵横而不可抑制，一时骅骝长嘶，奋蹄蹴地，有
随风飞驰、征服四野八荒之势。但是弟弟则沉默寡言。父亲
则深沉莫测，对事对人，一概不通融假借，因此处世则落落
寡合，将身旁这两匹千里之驹，随时勒抑，不得奋鬣奔驰。

论孔子的幽默

孔子自然是幽默的。论语一书，很多他的幽默语，因为他脚踏实地，说很多入情入理的话。只惜前人理学气太厚，不曾懂得。他十四年间，游于宋、卫、陈、蔡之间，不如意事，十居八九，总是泰然处之。他有伤世感时的话，在鲁国碰了季桓子、阳货这些人，想到晋国去，又去不成，到了黄河岸上，而有水哉水哉之叹。桓魋一类人想害他，孔子"桓魋其如予何"的话虽然表示自信力甚强，总也是自得自适君子不忧不惧一种气派。为什么他在陈、蔡、汝、颖之间，住得特别久，我就不得而知了。他那安详自适的态度，最明显的例子，是在陈绝粮一段。门人都已出怨言了，孔子独弦歌不衰，不改那种安详幽默的态度。他三次问门人："我们一班人，不三不四，非牛非虎，流落到这田地，为什么呢？"这是我所最爱的一段，也是使我们最佩服孔子的一段。有一次，孔子与门人相失于路上。后来有人在东门找到孔子，说他的相貌，并说他像一条"丧家犬"。孔子听见说："别的我不知道。至于像一条丧家狗，倒有点像。"

须知孔子是最近人情的，他是恭而安，威而不猛，并不是道貌岸然，冷酷酷拒人于千里之外。但是到了程朱诸宋儒的手中，孔子的面目就改了。以道学面孔论孔子，必失了孔子原来的面目。仿佛说，常人所为，圣人必不敢为。殊不知道学宋儒所不敢为，孔子偏偏敢为。如孺悲欲见孔子，孔子假托病不见，或使门房告诉来客说不在家。这也就够了。何以在孺悲犹在门口之时，故意取瑟而歌，使之闻之，这不是太恶作剧吗？这就是活泼泼的孔丘。但这一节，道学家就难以解释。朱熹犹能了解，这是孔子深恶而痛绝乡愿的表示。到了崔东壁（述）便不行了。有人盛赞崔东壁的《洙泗考信录》。我读起来，就觉得赞道之心有余，而考证的标准太差。他以为这段必是后人所附会，圣人必不出此。这种看法，离了现代人传记文学的功夫（若 Lytton Strachey 之《维多利亚女王传》那种体会人情的看法），离得太远了。凡遇到孔子活泼泼所为未能完全与道学理想符合，或言宋儒之所不敢言（"老而不死是为贼"），或为宋儒之所不敢为（"以杖叩其胫"，"取瑟而歌，使之闻之"），崔东壁就断定是"圣人必不如此"，而斥为伪作，或后人附会。顾颉刚也曾表示对崔东壁不满处。

078

"他信仰经书和孔孟的气味都嫌太重，糅杂了许多先入为主的成见。"（《古史辨》第一册的长序）

读论语，不应该这样读法。论语是一本好书，虽然编得太坏，或可说，根本没人敢编过。论语一书，有很多孔子的人情味。要明白论语的意味，须先明白孔子对门人说的话，很多是燕居闲适的话，老实话，率真话，不打算对外人说的话，脱口而出的话，幽默自得的话，甚至开玩笑的话，及破口骂人的话。

总而言之，是孔子与门人私下对谈的实录。最可宝贵的，使我们复见孔子的真面目，就是这些半真半假、雍容自得的实录，由这些闲谈实录，可以想见孔子的真性格。

孔子对他门人，全无架子。不像程颐对哲宗讲学，还要执师生之礼那种臭架子。他一定要坐着讲。孔子说："你们两三位，以为我对你们有什么不好说的吗？我对你们老实没有。我没有一件事不让你们两三位知道。那就是我。"这亲密的情形，就可想见。所以有一次他承认是说笑话而已。孔子到武城，是他的门人子游当城宰。听见家家有念书弦诵的声音，夫子莞尔而笑说："割鸡焉用牛刀。"子游驳他说，夫子所教是如此。"君子学道则爱人，小人学道则易使也。"孔子说："你们两三位听，阿偃是对的。我刚才说的，是和他开玩笑而已。"（"前言戏之耳。"）

这是孔子燕居与门人对谈的腔调。若做岸然道貌的考证文章，便可说"岂有圣人而戏言乎……不信也……不义也……圣人必不如此，可知其伪也"。你看见过哪一位道学老师，肯对学生说笑话没有？

论语通盘这类的口调居多。要这样看法才行。随举几个例：言志之篇，"吾与点也"，大家很喜欢，就是因为孔子作近情语，不作门面语。别人说完了，曾晳以为他的"志愿"不在做官，危立于朝廷宗庙之间，他先不好意思说。夫子说："没有关系，我要听听各人言其志愿而已。"于是曾晳砰訇一声，把瑟放下，立起来说他的志愿。大约以今人的话说来，他说："三四月间，穿了新衣服到阳明山中正公园五六个大人，带了六七个小孩子，在公共游泳池游一下，再到附近林下乘凉，一路唱歌回来。"孔子吐一口气说，"阿点，我就要陪你去"，或作"我最同意你的话"。在冉有、公西华说正经话之后，曾晳这么一来放松，就得幽默作用。孔子居然很赏识。

有许多论语读者，未能体会这种语调。必须先明白他们师生闲谈的语调，读去才有意思。

"御乎射乎？"章——有人批评孔子说"孔子真伟大，博学而无所专长"。孔子听见这话说,"教我专长什么? 专骑马呢? 或专射箭呢? 还是专骑马好。"这话真是幽默的口气。我们也只好用幽默假痴假呆的口气读他。这哪里是正经话? 或以为圣人这话未免杀风景。但是孔子幽默口气,你当真,杀风景的是你,不是孔夫子。

"其然,岂其然乎?"章——孔子问公明贾关于公叔文子这个人怎样,听见说这位先生不言、不笑、不贪。公明贾说:"这是说的人张大其辞。他也有说有笑,只是说笑的正中肯合时,人家不讨厌。"孔子说,"这样? 真真这样吗?"这种重叠,是论语写会话的笔法。

"赐也,非尔所及也"章——子贡很会说话。他说:"我不要人家怎样待我,我就不这样待人。"孔子说:"阿赐,(你说的好容易。)我看你做不到。"这又是何等熟人口中的语气。

"空空如也"章——孔子说:"你们以为我什么都懂了。我哪里懂什么。有乡下人问我一句话,我就空空洞洞,了无一句话作回答。这边说说,那边说说,再说说不下去了。"

"三嗅而作"章——这章最费解,崔东壁以为伪。其实没有什么。只是孔子嗅到臭雉鸡作呕不肯吃。这篇见《乡党》,专讲孔子讲究食。有飞鸟在天空翱翔,飞来飞去,又停下来。子路见机说,"这只母野鸡,来的正巧。"打下来贡献给孔夫子，孔夫子嗅了三嗅，嫌野鸡的气味太腥，就站起来，不吃也罢。原来野鸡要挂起来两三天，才好吃。我们不必在这里寻出什么大道理。

"群居终日"章——孔子说："有些人一天聚在一起，不说一句正经话，又好行小恩惠——真难为他们。""难矣哉"是说亏得他们做得出来。朱熹误解为"将有患难"，就是不懂这"亏得他们"的闲谈语调。因为还有一条，也是一样语调，也是用"难矣哉"，更清楚。"一天吃饱饭，什么也不用心。真亏得他们。不是还可以下棋吗？下棋用心思，总比那样无所用心好。"

幽默是这样的，自自然然，在静室对至友闲谈，一点不肯装腔作势。这是孔子的论语。有一次，他说，"我总应该找个差事做。吾岂能像一个墙上葫芦，挂着不吃饭？"有一次他说，"出卖啊！出卖啊！我等着有人来买我。（沽之哉，沽哉，我待贾者也。）"意思在求贤君能用他，话却不择言而出，不是预备给人听的。但在熟友闲谈中，不至于误会。若认真读，他便失了气味。

孔子骂人也真不少。今之从政者何如，孔子说，"噫，斗筲之人，何足算也。""斗筲"是承米器，就是说"那些饭桶算什么"！骂原壤"老而不死是为贼"，骂了不足，还举起棍子，打那蹲在地上的原壤的腿。骂冉求"非吾徒也。小子鸣鼓而攻之，可也"。真真不客气，对门人表示他非常生气，不赞成冉求替季氏聚敛。"由也不得其死然。"骂子路不得好死。这些都是例。

孔子真正属于机警（wit）的话，平常读者不注意。最好的，我想是见于孔子家语一段。子贡问死者有知乎。孔子说："等你死了，就知道。"这句话，比答子路"未知生，焉知死"，更属于机警一类。"一个人不对自己说，怎么办？怎么办？我对这种人，真不知道怎么办。（不曰如之何，如之何者，吾末如之何也已矣。）""知之为知之，不知为不知，是知也。"也是这一类。"过而不改，是谓过矣。"相同。"不患莫己知，求为可知也。"——这句话非常好。就在知字上做文章，所以为机警动人的句子。

总而言之，孔子是个通人，随口应对，都有道理。他脚踏实地，而又出以平淡浅近之语。教人事父母不但养，还要敬，却说"至于犬马皆能有养"，这不是很唐突吗？"富而可求也，虽执鞭之士，吾亦为之。"就是说"如果成富是求得来的，叫我做马夫赶马车，我也愿意"。都是这派不加修饰的言辞。好在他脚踏实地，所以常有幽默的成分在其口语中。美国大文豪 Carl Van Doren 对我说，他最欣赏孔子一句话，就是季文子三思而后行。孔子说："再，斯可矣。"这真正是自然流露的幽默。有点杀风景，想来却是实话。下回我想讲"孔子的笑和乐"。

发现自己：庄子

在现代生活中，如果真有哲学家的话，那么"学家"这名词已变成一个仅是社交上恭维人家的名称了。哲学家差不多是世界上最受人尊崇，同时也最不受人注意的人物。只要是一个神秘暧昧深奥不易了解的人物即可称之为"哲学家"，一个对现状漠不关心的人也被称为"哲学家"。然而，后者的这种意义中还有着相当的真理。在莎士比亚的《皆大欢喜》（*As You Like It*）一剧中，丑角"试金石"（Touchstone）所说的"牧羊人，你也懂得一些哲学吧？"这句话就是包含后者这种意义的。从这一种意义说来，哲学仅是对事物和人生的一种普通而粗浅的观念，而且这种观念每个人多少总有一点。如果某一个人否认现实的表面价值或不肯尽信报纸上所说的话，他就有哲学家的意味。他是一个不愿被骗的人。

哲学总带着一种如梦初醒的意味。哲学家观察人生，正如艺术家观察风景一样——是隔着一层薄纱或一层烟雾的。

这种看法使生硬的人生琐事软化，容易使我们看出其中的意义。至少中国的艺术家或哲学家是如此思想的。所以，哲学家和彻底的现实主义者的观念完全相反；后者熙来攘往忙碌终日，以为他的成败盈亏完全是绝对的、真实的。这种人真是无药可救，他连一些怀疑的念头也没有，所以不能得到一个起点。孔子说："不曰'如之何、如之何'者，吾末如之何也已矣！"——在孔子少数而有意的诙谐语句中，这句实得我心。

我想在这章中介绍一些中国哲学家对生活图案的观念。他们之间的意见越是参差，越是一致以为人类必须有智慧和过着幸福生活的勇气。孟子的那种比较积极的人生观念和老子的那种比较圆滑和顺的观念，协调起来成为一种中庸的哲学，这种中庸的哲学可说已成了一般中国人的宗教。动和静的冲突，结果却产生了一种妥洽的观念，使人们对于这个不很完美的地上天堂也感到了满足，这种智慧而愉快的人生哲学就此产生。陶渊明——在我的心目中他是中国最伟大的诗人，有着最和谐的性格——就是这种生活的一种典型。

一切中国哲学家在不知不觉中所认为最重要的问题就是：我们要怎样去享受人生？谁最会享受人生？我们不去追求完美的理想，不去寻找那势不可得的事物，不去穷究那些不可得知的东西；我们认识的只是些不完美的、会死的人类的本性；最重要的问题是怎样去调整我们的人生，使我们得以和平地工作，旷达地忍耐，幸福地生活。

我们是谁？这是第一个问题。这个问题几乎是不能解答的。不过我们都已承认，我们日常忙碌生活中的自我并不是完全真正的自我，在生活的追求中我们已经丧失一些东西。例如：我们看见一个人在田野里东张西望地在寻找东西。聪明的人可以提出一个难题来让那些旁观者去猜猜：那个人究竟失掉了什么东西？有的猜一只表，有的猜一支钻石别针，各人有各人的猜测。聪明人其实也不知道那人失掉了些什么，可是当大家猜不着时，他可以说："我告诉你们吧，他失掉魂儿了。"我想没有人会说他这句话不对。我们往往在生活的追求中忘记了真正的自我，正如庄子在一个美妙的譬喻里所讲的那只鸟一样，为了要吃一只螳螂而忘记自身的危险，而那只螳螂又为了要捕捉一只蝉也忘了自身的危险。

　　庄周游于雕陵之樊，睹一异鹊自南方来者。翼广七尺，目大运寸①。感周之颡，而集于栗林。

① 寸：市制长度单位。10寸＝1尺。

庄周曰："此何鸟哉？翼殷不逝，目大不睹？"

蹇裳躩步，执弹而留之。

睹一蝉，方得美荫而忘其身；螳螂执翳而搏之，见得而忘其形；异鹊从而利之，见利而忘其真。

庄周怵然曰："噫！物固相累，二类相召也。"捐弹而反走，虞人逐而谇之。

庄周反入，三月不庭。蔺且从而问之："夫子何为顷间甚不庭乎？"

庄周曰："吾守形而忘身。观于浊水而迷于清渊。且吾闻诸夫子曰：'入其俗，从其俗。'今吾游于雕陵而忘吾身。异鹊感吾颡。游于栗林而忘真，栗林虞人以吾为戮。吾所以不庭也。"

庄子乃是老子的门生，正如孟子是孔子的门生一样，二人都富于口才，二人的生存年月都和他们的老师距离约一百年。庄子和孟子生在同时，老子和孔子大约也在同时。可是孟子很赞成庄子人性已有所亡，而哲学之任务就是去发现并去取回那些失掉了的东西这句话。据孟子的见解，以为失掉的便是"赤子之心"。他说："大人者，不失其赤子之心者也。"孟子认为，文明的人为生活，其影响之及于人类赤子之心，有如山上的树木被斧斤伐去一样。

牛山之木尝美矣。以其郊于大国也，斧斤伐之，可以为美乎？是其日夜之所息，雨露之所润，非无萌蘖之生焉，牛羊又从而牧之，是以若彼濯濯也。人见其濯濯也，以为未尝有材焉。此岂山之性也哉？虽存乎人者，岂无仁义之心哉？其所以放其良心者，亦犹斧斤之于木也；旦旦而伐之，可以为美乎？其日夜之所息，平旦之气，其好恶与人相近也者几希。则其旦昼之所为，有梏亡之矣。梏之反覆，则其夜气不足以存；夜气不足以存，则其违禽兽不远矣。人见其禽兽也，而以为未尝有才焉者。是岂人之情也哉？

情智勇：孟子

最合于享受人生的理想人物，就是一个热诚的、悠闲的、无恐惧的人。孟子列述"大人"的三种"成熟的美德"是"仁、智、勇"。我以为把"仁"字改为"情"字更为确当，而以"情、智、勇"为大人物的特质。在英语中幸亏尚有 passion 这个字，其用法和华语中的"情"字差不多。这两个字起首都含有"情欲"的那种狭义，但现在都有了更广大的意义。张潮说："多情者必好色，而好色者未必尽属多情。"又说："情之一字，所以维持世界；才之一字，所以粉饰乾坤。"如果我们没有"情"，我们便没有人生的出发点。情是生命的灵魂，星辰的光辉，音乐和诗歌的韵律，花草的欢欣，飞禽的羽毛，女人的艳色，学问的生命。没有情的灵魂是不可能的，正如音乐不能不有表情一样。这种东西给我们以内心的温暖和活力，使我们能快乐地去对付人生。

我把中国作家笔下所用的"情"字译作 passion 也许不很

对，或者我可用 sentiment 一字（代表一种较温柔的情感，较少激越的热情所生的冲动性质）去译它？"情"这一字或许也含着早期浪漫主义者所谓 sensibility 一字的意义，即属于一个有温情的大量艺术化的人的质素。在西洋的哲学家中，除了爱默生（Emerson）、埃米尔（Amiel，十九世纪瑞士哲学家）、约瑟夫·儒贝尔（Joubert，十九世纪法国著名诗人）和伏尔泰（Voltaire）外，很少对于热情能说些好话的人，这是奇怪的。也许我们所用的词语虽不同，而我们所指的实是同一样东西。但是，假如说"热情"（passion）异于"情感"（sentiment），两者意义不同，而前者只是专指一种暴躁的冲动的情感，那么在中国字中找不到一个相应的字可以代表它，我们只好依然用"情"这个字了。我很疑惑这是否就是种族脾性不同的表征？这是否就是中国民族缺乏那种侵蚀灵魂去造成那种西洋文学里悲剧材料的伟大热情的表征？这可就是中国文学中没有产生过希腊意义上的悲剧的原因？这可就是中国悲剧角色在危急之时饮泣吞声，让敌人带去了他们的情人，或如楚霸王那样，先杀死情人，然后自刎的原因？这种结局是不会使西洋观众满意的，可是中国人的生活是这样的，所以在文学上当然也就是这样的了。一个人跟命运挣扎，放弃了争斗，事过之后，随之在悲剧回忆中，发生了一阵徒然的后悔和想望。正如唐明皇的悲剧那样，他谕令他的爱妃自杀以满足叛军的要求，过后，便神魂颠倒地成天思念她。这种悲剧的情感是在那出戏剧结束后，在一阵悲哀中才表现出来的。当他在出狩生活中旅行时，在雨中听见隔山相应的铃声，便作了那首《雨霖铃》曲以纪念她；所能看到或扪触到的事事物物，无论是一条余香未尽的小领巾，或是她的一个老婢，都使他想起他的爱妃，这悲剧的结束便是由一位道士替他在仙境里寻觅她的芳魂。如此我们就在这里看到一种浪漫的敏感性，如不能称之为热情，不过这热情已变成一种圆熟而温和的了。所以，中国哲学家有着一种特点，他们虽鄙视人类的"情欲"（即"七情"的意思），却不鄙视热情或情感本身，反使之成为正常人类的生活基础，甚至于视夫妇之情为人伦之本。

我们的热情或情感是随生命而同来，无可选择，正如我们不能择拣父母一样，我们不幸天生就有一种冷静或热烈的天性，这是事实。在另一方面，没有一个小孩生来就是冷心的；当我们渐次失掉那种少年心时，我们才会逐渐失掉我们内在的热情。在我们生活的某一时期中，我们热情的天性被一种邪恶的环境所摧残压制，挫折或剥削，其所以如此，大概是由于我们没有留意使之继续生长，或者是我们不能从这种环境里解脱出来。我们在获取"世事经验"的过程中对我们的天性曾多方摧残，我们学会了硬心肠，学会了虚伪矫饰，学会了冷酷残忍，因此在一个人自夸他已获得了很多的人世经验时，他的神经显然已变成不敏锐而麻木迟钝——此种现象尤其是在政界为最多。结果世界上多了一个伟大的"进取者"（go-getter），把别人挤在一旁，而自己爬到顶上，世界上从此多了一个意志刚强、心志坚定的人，不过感情——他称之为愚笨的理想主义或多情的东西——在他胸怀中的最后一些灰烬，也渐渐地熄灭了。我很看不起这种人，这世界上冷酷心肠的人实在太多了。如果国家有一天要施行消灭那些不适于生存者的生殖机能，第一步，应该把那些无道德感念的人、艺术观念陈腐的人、铁石心肠的人、残酷而成功的人、意志坚决一无情义的人，以及那一切失掉生之欢乐的人，一起把他们的生殖机能割掉——而不必亟亟于那些疯狂的人和患肺痨的人。因为在我看来，一个热情而有情感的人或许会做出一些愚蠢和鲁莽的事情，可是一个无热情也无情感的人好像是一个笑话或一幅讽刺画了。他跟都德（Daudet）和萨福（Sappho）两者比较起来，只好算一条虫、一架机器、一座自动机、尘世上的一点污点而已。有许多妓女的一生比大腹便便的商人来得高洁。萨福虽然犯罪，但也懂得爱；我们对于那些会显示深爱的人，应该给予较大的宽恕，无论怎样，她从一个冷酷的商业环境中走出来的时候，总比我们周遭那些百万富翁怀着更热烈的心情。对抹大拉的马利亚（Mary Magdalene，被耶稣拯救的妓女）崇拜是对的。热情和情感有时免不了使我们做错事，因而受罪是应该的。但是有许多宽容的母亲因为过于纵容子女，往往因爱子之心而失掉了理智的判断，不过她们到了老年的时候，她们一定会回忆到从前那种融融洽洽的家庭生活，以为比那些苛刻严峻的人的家庭生活来得快乐。有一个朋友曾告诉我一个故事。他说有一个年纪已七十八岁的老妇人对他说："回溯过去的七十八年中，每想到我所做的错事时，我还是觉得快乐的；不过又想到我的愚蠢时，我甚至到今天还不能饶恕我自己。"

可是人生是残酷的，一个热烈的、慷慨的、天性多情的人，也许容易受他比较聪明的同伴之愚。那些天性慷慨的人，常常因慷慨而错了主意，常常因对付仇敌过于宽大，或对于朋友过于信任，而走了失着。慷慨的人有时会感到幻灭，因而跑回家中写出一首悲苦的诗。在中国有许多的诗人和学者就是这样，例如喝茶大家张岱，很慷慨地替亲友出力帮忙，甚至把家产也因此花完，结果吃了他最亲密的亲友的亏；后来他把这遭遇写成十二首诗，那诗要算是我所曾读到的最辛酸最悲苦的了。可是我很相信直到他老死还是那么慷慨大量的，即使是在他很穷困的时候，有几次几乎穷得要饿死，也必仍然如此。我相信那些悲哀的情绪不久就会烟消雾散，而他依旧会快乐的。

虽说如此，但这种慷慨热烈的心情须有一种哲学加以保护，人生是严酷的，热烈的心性不足以应付环境，热情必须和智勇联结起来，方能避免环境的摧残。我觉得智和勇是同样的东西，勇乃是了解人生之后的产物；一而二，二而一，一个完全了解人生的人始能有勇。如果智不能生勇，智便无价值。智抑制了我们愚蠢的野心，使我们从这个世界的骗子（humbug）——无论是思想上的或人生上的——手中解放出来而生出勇气。

在我们这个世界里，骗子真是不胜其多，不过中国佛教已经把许多小骗子归纳于两个大骗子之中，就是名和利。据说乾隆皇帝游江南的时候，有一次在一座山上眺望景色，望见中国海上帆船往来如梭，便问他身旁的大臣那几百只帆船是干什么的，他的大臣回答，只看见两只船，一只叫作"名"，一只叫作"利"。有修养的人士只能避免利的诱惑，只有最伟大的人物才能够逃避名的诱惑。有一次，一位僧人跟他的弟子谈到这两种俗念的根源时说："绝利易，绝名心难。即退隐之学者僧人仍冀得名。彼乐与大众讲经说法，而不愿隐处小庵与弟子做日常谈。"那个弟子道:"然则师傅可为世上唯一绝名心之人矣。"师傅微笑而不言。

据我的人生观察,佛教徒的那种分类是不完全的。人生的大骗子不止两个,而实有三个:即名、利、权。在美国惯用的字中,可以拿"成功"(success)这名词把这三个骗子概括起来。但是有许多智者以为成功和名利的欲望实是失败、贫穷和庸碌无闻的恐惧之一种讳称,而这些东西是支配着我们的生活的。有许多人已经名利双全,可是他们还在费尽心机去统治别人,他们就是竭一生心力为祖国服役的人,这代价常是巨大的。如果你去请一个真真的智者来,要选他做总统,要他随时向一群民众脱帽招呼,一天中要演说七次,这种总统他一定不要做的。詹姆斯·布莱斯以为美国民主政府现行的制度不能招致国中最优秀的人才去入政界服役。我觉得单是竞选的吃力情形已足吓退美国的智者了。从政的人顶了竭毕生心力为人群服役的名义,一星期须参加六次的宴会。他为什么不坐在家里,自己吃一顿简单的晚餐,随后穿上睡衣,舒舒服服地上床去睡呢?一个人在名誉或权力的迷惑下,不久也会变成其他骗子的奴隶,越陷越深,永无止日。他不久便开始想改革社会,想提高人们的道德,想维护教会,想消弭罪恶,做一些计划给人家去实行,推翻别人所定的计划,在大会中读一篇他的下属替他预备好的统计报告，在委员会的席上研究展览会的蓝纸图样，甚至想创设一间疯人院（真厚脸皮啊）——总之一句话，想干涉人家的生活。但是不久，这些自告奋勇而负起的责任，什么改造人家、实施计划、破坏竞争者的计划等问题一股脑儿抛在脑后，或甚至不曾跑进过他的脑筋呢。一个在总统竞选中失败了的候选人，两星期过后，对于劳工、失业、关税等诸大问题都忘得一干二净！他是什么人，干吗要改造人家，提高人们的道德，送人家进疯人院去呢？可是他如果成功了，那些大骗子和小骗子会使他踌躇满志地奔忙着，而使他想象着以为他的确是在做一些事情，确是一个"重要的人物"。

然而，世间还有一个次等的社会骗子，和上述的骗子有同样的魅力，一样普遍，就是时尚（fashion）。人类原来的自我本性很少有表现出来的勇气。希腊哲学家德谟克利特以为已把人类从畏惧上帝和死亡这两个大恐怖的压迫下解放出来，是一种对人类的伟大贡献，虽然如此，可是他还不曾把我们从另一个普遍的恐惧——畏惧周遭的人中解放出来。人们虽由畏惧上帝和畏惧死亡的压迫中解放了出来，但还有许多人仍不能解除畏惧人们的心理，不管我们是有意或无意，在这尘世中一律都是演员，在一群观众面前，演着他们所认可的戏剧。

这种演戏的才能加上模仿的才能（其实即演戏才能的一部分），是我们猴子的遗传中最出色的质素。这种表演才能无疑地可以得到实在利益，最显而易见的就是博得观众的喝彩。但是喝彩声越高，台后的心绪也越加紧张。同时这才能也帮助一个人去谋生，所以我们不能怪谁迎合观众心理去扮演他的角色。

唯一不合之处就是那演员或许会篡夺了那个人的位置，而完全占有了他；在这世上享盛名居高位的人，能够保存本性的真少而又少，也只有这一种人自知是在做戏，他们不会被权势、名号、资产、财富等人造的幻象所欺蒙。当这些东西跑来时，他们只用宽容的微笑去接受，他们并不相信他们如此便变成特殊，便和常人不同。这一类的人物是精神上的伟人，也只有这些人的个人生活始终是简朴的。因为他们永不重视这些幻象，所以简朴才永远是真正伟大人物的标志。小官员幻想着自己的伟大，交际场中的暴发户夸耀他的珠宝，幼稚的作家幻想自己跃登作家之林，马上变成较不简朴、较不自然的人，这些都足以表示心智之狭小。

我们的演戏本能是根深蒂固的，以致我们常常忘记离开舞台，忘记还有一些真正的生活可过。因此，我们一生辛辛苦苦地工作，并不依照自己的本性，为自己而生活，而只是为社会人士的喝彩而生活，如中国俗语所说老处女"为他人做嫁衣裳"。

玩世、愚钝、潜隐：老子

老子刁慈的"老猾"哲学却产生了和平、容忍、简朴和知足的崇高理想，这看来似乎是矛盾的。这类教训包括愚笨者的智慧，隐逸者的长处，柔弱者的力量和熟悉世故者的简朴。中国艺术的本身，和它那诗意的幻象以及对于樵夫渔夫的简朴生活之赞颂，都不能脱离这种哲学而存在。中国和平主义的根源，就是能忍受暂时的失败，静待时机，相信在天地万物的体系中，在大自然动力和反动力的规律运行之下，没有一个人能永远占着便宜，也没有一个人永远做"傻子"。

大巧若拙，

大辩若讷。

静胜躁，

寒性热。

清静为天下正。

（老子《道德经》，下同）

我们既知道大自然的运行中，没有一个人能永远占着便宜或是做着傻子，所以其结论是竞争是徒劳的。老子曰："夫唯不争，故天下莫能与之争。"又曰："强梁者不得其死，吾将以为教父。"当今的作家也可加上一句："世间的独裁者如能不要密探来卫护，我愿做他的党徒。"

因此，老子曰："天下有道，却走马以粪；天下无道，戎马生于郊。"

善为士者不武；

善战者不怒。

善胜敌者不与；

善用人者为之下。

是谓不争之德，

是谓用人之力，

是谓配天古之极。

有了动力与反动力的规律，便产生了暴力对付暴力的局势：

以道佐人主者，

不以兵强天下；

其事好还。

师之所处，荆棘生焉。

大军之后，必有凶年。

善有果而已；

不敢以取强。

果而勿矜；

果而勿伐；

果而勿骄；

果而不得已。

果而勿强；

物壮则老。

是谓不道，

不道早已。

凡尔赛会议如果请老子去做主席，我想今日一定不会有这么一个希特勒。希特勒自以为他在政治上当权之速，证明

102

他得到"上帝的庇佑"。但我以为事情还要简单，他是得到克
里孟梭（Clemenceau，一战时法国总理）神魂的庇佑。中国
的和平主义不是那种人道的和平主义——不以博爱为本，而
以一种近情的微妙的智慧为本。

将欲歙之，
必固张之。
将欲弱之，
必固强之。
将欲废之，
必固兴之。
…………
是谓微明。
柔弱胜刚强。
鱼不可脱于渊；
国之利器不可以示人。

关于柔弱者的力量，爱好和平者之总能得到胜利，以及
隐逸者的长处这一类训诲，没有一个人再能比老子讲得更有
力量。在老子看来，水便是柔弱者的力量的象征——轻轻地

滴下来，能在石头上穿一个洞；水有道家最伟大的智慧，向
最低下的地方去求它的水平线：

> 江海所以能为百谷王者，
>
> 以其善下之，故能为百谷王。

"谷"是空洞象征，代表世间万物的子宫和母亲，代表
"阴"或"牝"。

> 谷神不死，
>
> 是谓玄牝。
>
> 玄牝之门，
>
> 是谓天地之根。
>
> 绵绵若存，
>
> 用之不勤。

以"牝"来代表东方文化，而以"牡"来代表西方文化，
这不会是牵强附会之谈吧。无论如何，在中国的消极力量里，
有些东西很像子宫或山谷，老子说："……为天下谷；于天下
谷，常德乃足。"

恺撒要做乡村中第一个人，而老子反之，他的忠告是："不敢为天下先。"讲到出名是一桩危险的事，庄子曾写过一篇讽刺的文章去反对孔子夸耀知识的行为。庄子著作里，有许多诽议孔子的文章，好在庄子写文章时，孔子已死，而且当时中国又没有关于毁坏名誉的法律。

孔子围于陈蔡之间，七日不火食。

大公任往吊之，曰："子几死乎？"

曰："然。"

"子恶死乎？"

曰："然。"

任曰："予尝言不死之道。

"东海有鸟焉，其名曰'意怠'。其为鸟也，盼盼跦跦，而似无能。引援而飞；追胁而栖。进不敢为前；退不敢为后。食不敢先尝；必取其绪。是故其行列不斥，而外人卒不得害，是以免于患。

"直木先伐。甘井先竭。子其意者饰知以惊愚；修身以明污。昭昭乎若揭日月而行，故不免也。……"

孔子曰："善哉！"辞其交游，去其弟子，逃于大泽，衣裘褐，食杼栗。入兽不乱群，入鸟不乱行。

鸟兽不恶，而况人乎！

我曾写过一首诗概括道家思想：

> 愚者有智慧，
>
> 缓者有雅致，
>
> 钝者有机巧，
>
> 隐者有益处。

在信仰基督教的读者们看来，这几句话或者很像耶稣的"山上训言"，而也许同样地对他们不生效力。老子说，愚者得福，因他们是世上最快乐的人，这句话好似替"山上训言"加了一些诙谐的成分。庄子继老子"大巧若拙，大辩若讷"的名句而说"弃智"。八世纪时的柳宗元把他比邻的山叫作"愚山"，附近的水叫作"愚溪"。十八世纪时的郑板桥说了一句名言："聪明难，糊涂亦难，由聪明转入糊涂更难。"中国文学上有诸如此类不少赞颂愚钝的话。美国有一句俚语是"不要太精明"（Don't be too smart），从这句俚语也可看出抱这种态度者的智慧。大智是常常如愚的。

所以，在中国文化上我们看见一种稀奇的现象，就是一个大智对自己发生怀疑，因而产生（据我所知）唯一的愚者的福音和潜隐的理论，认为是人生斗争的最佳武器。由庄子的创说"弃智"，到尊崇愚者的观念，其中只是一个短短的过程；在中国的绘画中和文章中，有着不少的乞丐，不朽的隐逸者、癫僧，或如《冥寥子游》中的奇隐士等，在那上面，我们都可以看出这种尊崇愚者观念的反映。当这个可怜的褴褛癫道变成了我们心目中最高智慧和崇高性格的象征时，智人即从人生的迷恋中清醒过来，接受一些浪漫的或宗教润色，而进入诗意的幻想境界。

傻子的受人欢迎是一桩实事。我相信无论在东方或西方，人们总是憎恶那个过于精明的同伴的。袁中郎曾写过一篇文字，说明他和他的兄弟为什么要用那四个极愚笨但是忠心的仆人。任何人只要把他所有的朋友同伴细细想一想，就可以发现我们究竟喜欢怎样的人。我们喜欢愚笨的仆人是因为他比较老实可靠。和他在一起过日子，我们尽可以写写意意，不必处处提心吊胆。智慧的男人多数要不太精明的妻子，而智慧的女子也多数愿嫁不太精明的丈夫。

中国历史上那些著名的傻子，都是因为他们的真癫或假癫而讨人欢喜，受人敬爱。例如宋朝著名画家米芾号"米颠"（即癫），有一次穿了礼服去拜一块岩石，要那块岩石做他

的"丈人"，因此得了"米颠"的名号。他和元朝的著名画家
倪云林都有好洁之癖。又有一个著名的疯诗人赤了足，往来
于各大寺院，在厨房里打杂，吃人家的残羹冷饭，不朽的诗
便写在庙寺里厨房的墙壁上。最受中国人民爱戴的，要算是
伟大的疯和尚颠僧了，他名叫济公，是一部通俗演义的主人
公；这部演义越演越长，篇幅比《堂吉诃德》还长三倍，但
好像还没有完结。他生活于一个魔术、能医、恶作剧和醉酒
的世界里，他有一种神力，能在相距几百英里的不同城市里
同时出现，纪念他的庙宇至今还屹立于杭州西子湖边的虎跑。
十六世纪和十七世纪的伟大浪漫天才，如徐文长、李卓吾、
金圣叹（他自号"圣叹"，据他说，当他出世时，孔庙里曾发
出一阵神秘的叹息），虽然和我们一样是人，可是他们在外
表和举动上多少违背着传统的习惯，所以给人以一种疯狂的
印象。

"中庸哲学"：子思

　　我相信主张无忧虑和心地坦白的人生哲学，一定要叫我们摆脱过于繁忙的生活和太重大的责任，因而使人们渐渐减少实际行动的欲望。在另一方面，生于现代的人，大都需要这种玩世主义之熏陶，因为这对他是很有益的。那种引颈前瞻徒然使人类在无效果和浪费的行动中过生活的哲学，它的遗毒或许比古今哲学中的全部玩世思想为害更大。每个人都有许多生理上的工作行动，随时能把这种哲学的力量抵消；这种放浪者的伟大哲学虽到处受欢迎，可是中国人至今还是世界上最勤勉的民族，大多数人都未成为玩世者，因为大多数的人都不是哲学家。

　　所以这样说来，玩世主义很少会有变成大众所崇拜的流行思想的危险，这一点可以不必担忧。中国道家哲学虽已获得了中国人心胸中的感应，已经存在了几千年，在每首诗歌和每幅山水画里都可看得出来，但是大多数中国人依旧过着熙来攘往的生活，依旧相信财富、名誉、权力，肯为他们的国家服役。如若不是这样，人类生活便不能维持下去。所以中国并没有人人都服从玩世主义，他们只在失败后才做玩世者和诗人，我们的多数同胞依旧还是出力的演员。道家玩世主义的影响，仅在于减低紧张生活，同时在天灾人祸的时候，引导人民去信仰自然律的动作和反动作，信仰正义必能因此而得伸张。

然而，在中国的思想上还有一种相反的势力，它和这种无忧无虑的哲学、自然放浪者的哲学，是站在对立的地位的。自然绅士哲学的对面有社会绅士的哲学，道家哲学的对面有儒家哲学。如说道家哲学和儒家哲学的含义，一个代表消极的人生观，一个代表积极的人生观，那么，我相信这两种哲学不仅是中国人有之，也是人类天性所固有的东西。我们大家都是生就一半道家主义，一半儒家主义。一个彻底的道家主义者理应隐居山中，去竭力模仿樵夫和渔夫的生活，无忧无虑，简单朴实如樵夫一般去做青山之王，如渔夫一般去做绿水之王。道家主义者的隐士隐现于山上的白云中，一面俯视樵夫和渔夫在相对闲谈；一面默念着青山、流水，全然不理会这里还有着两个渺小的谈话者。他在这种凝想中获得一种彻底的和平感觉。不过要叫我们完全逃避人类社会的那种哲学，终究是拙劣的。

此外还有一种比这自然主义更伟大的哲学，就是人性主义的哲学。所以，中国最崇高的理想，就是一个人不必逃避人类社会和人生，而本性仍能保持原有快乐。如果一个人离开城市，到山中去过着幽寂的生活，那么他也不过是第二流隐士，还是他环境的奴隶。"城中隐士实是最伟大的隐士"，因为他对自己具有充分的节制力，不受环境的支配。如果一个僧人回到社会上去喝酒、吃肉、交女人，同时并不腐蚀他的灵魂，那么他便是一个"高僧"了。因此，这两种哲学有互通性，颇有合并的可能。儒教和道家的对比是相对的，而不是绝对的；这两种学说只是代表了两个极端的理论，而在这两个极端的理论之间，还有着许多中间的理论。

我以为半玩世者是最优越的玩世者。生活的最高典型终究应属子思所倡导的中庸生活，他即是《中庸》作者，孔子的孙儿。与人类生活问题有关的古今哲学，还不曾发现过一个比这种学说更深奥的真理。这种学说，就是指介于两个极端之间的那一种有条不紊的生活——酌乎其中学说。这种中庸精神，在动作和静止之间找到了一种完全的均衡，所以理想人物，应属一半有名，一半无名；懒惰中带用功，在用功中偷懒；穷不至于穷到付不出房租，富也不至于富到可以完全不做工，或是可以称心如意地资助朋友；钢琴也会弹弹，可是不十分高明，只可弹给知己的朋友听听，而最大的用处还是给自己消遣；古玩也收藏一点，可是只够摆满屋里的壁炉架；书也读读，可是不很用功；学识颇广博，可是不成为任何专家；文章也写写，可是寄给《泰晤士报》的稿件一半被录用一半退回——总而言之，我相信这种中等阶级生活，是中国人所发现最健全的理想生活。李密庵（清代诗人）在他的《半半歌》里把这种生活理想很美妙地表达出来：

看破浮生过半，

半之受用无边。

半中岁月尽幽闲，

半里乾坤宽展。

半郭半乡村舍，

半山半水田园；

半耕半读半经廛，

半士半姻民眷；

半雅半粗器具，

半华半实庭轩；

衾裳半素半轻鲜，

肴馔半丰半俭；

童仆半能半拙，

妻儿半朴半贤；

心情半佛半神仙；

姓字半藏半显。

一半还之天地；

让将一半人间。

半思后代与沧田，

半想阎罗怎见。

饮酒半酣正好，

花开半时偏妍；

帆张半扇免翻颠，

马放半缰稳便。

半少却饶滋味，

半多反厌纠缠。

百年苦乐半相参，

会占便宜只半。

所以，我们如把道家的现世主义和儒家的积极观念配合起来，便成中庸的哲学。因为人类是生于真实的世界和虚幻的天堂之间，所以我相信这种理论在一个抱前瞻观念的西洋人看来，一瞬间也许很不满意，但这总是最优越的哲学，因为这种哲学是最近人情的。总而言之，半个查尔斯·奥古斯都·林白（Charles Augustus Lindbergh，又译林德伯格，美国飞行员，首个进行单人不着陆的跨大西洋飞行的人）比一个整的林白更好，因为半个能比较快乐。如果林白只飞了大西洋的半程，我相信他一定会更快乐。我们承认世间非有几个超人——改变历史进化的探险家、征服者、大发明家、大总统、英雄——不可，但是最快乐的人还是那个中等阶级者，所赚的钱足以维持独立的生活，曾替人群做过一点点事情，可是不多；在社会上稍具名誉，可是不太显著。只有在这种环境之下，名字半隐半显，经济适度宽裕，生活逍遥自在，而不完全无忧无虑的那个时候，人类的精神才是最为快乐的，才是最成功的。我们必须在这尘世上活下去，所以我们须把哲学由天堂带到地上来。

爱好人生者：陶渊明

　　所以我们已经晓得，如果把积极的人生观念和消极的人生观念适度地配合起来，我们便能得到一种和谐的中庸哲学，介于动作和静止之间，介于尘世的徒然匆忙和完全逃避现实人生之间；世界上所有的一切哲学中，这一种可说是人类生活上最健全最完美的理想了。还有一种结果更加重要，就是这两种不同观念相混合后，和谐的人格也随之产生；这种和谐的人格也就是那一切文化和教育所欲达到的目的，我们即从这种和谐的人格中看见人生的欢乐和爱好。这是值得加以注意的。

　　要描写这种爱好人生的性质是极困难的；如用譬喻，或叙述一位爱好人生者的真事实物，那就比较容易。在这里，陶渊明这位中国最伟大的诗人和中国文化上最和谐的产物，不期然而然地浮上我的心头。陶渊明也是整个中国文学传统上最和谐最完美的人物，我想没有一个中国人会反对我的话吧。他没有做过大官，很少权力，也没有什么勋绩，除了本薄薄的诗集和三四篇零星的散文外，在文学遗产上也不曾留下什么了不得的著作，但至今还是照彻古今的炬火，在那些较渺小的诗人和作家心目中，他永远是最高人格的象征。他的生活和风格是简朴的，令人自然敬畏，会使那些较聪明与熟识世故的人自惭形秽。他是今日真正爱好人生者的模范，因为他心中虽有反抗尘世的欲望，但并不沦于彻底逃避人世，而反使他和七情生活洽调起来。文学的浪漫主义和道家闲散生活的崇尚以及对儒家教义的反抗，在那时的中国已活动了两百多年，这种种和前世纪的儒家哲学配合起来，就产生了这么一种和谐的人格。以陶渊明为例，我们看见积极人生观已经丧失了愚蠢的自满心，玩世哲学已经丧失了尖锐的叛逆性，在梭罗身上还可找出这种特质——这是一个不成熟的标志，而人类的智慧第一次在宽容和嘲弄的精神中达到成熟的时期。

在我看来，陶渊明代表一种中国文化的奇怪特质，即一种耽于肉欲和灵的妄尊的奇怪混合，是一种不流于制欲的精神生活和耽于肉欲的物质生活的奇怪混合，在这奇怪混合中，七情和心灵始终是和谐的。所谓理想的哲学家即是一个能领会女人的妩媚而不流于粗鄙，能爱好人生而不过度，能够察觉到尘世间成功和失败的空虚，能够生活于超越人生和脱离人生的境地而不仇视人生的人。陶渊明的心灵已经发展到真正和谐的境地，所以我们看不见他内心有一丝一毫的冲突，因之，他的生活也像他的诗一般那么自然而冲和。

陶渊明生于第四世纪的末叶，是一位著名学者兼贵官的曾孙。这位学者在家无事，常于早上搬运一百个甓到斋外，至薄暮又搬运回斋内。陶渊明幼时，因家贫亲老，任为州祭酒，但不久即辞了官职去过他的耕种生活，因此得了一种疾病。有一天，他对亲朋说："聊欲弦歌以为三径之资，可乎？"有一个朋友听了这句话，便荐他去做彭泽令。他因为喜欢喝酒，所以命令县里都种秫谷，可是他的妻子不以为善，固请种粳，才使一顷五十亩种秫，五十亩种粳。后因郡里的督邮将到，县吏说他应该束带相见，陶渊明叹曰："吾不能为五斗米折腰。"于是官也不愿做了，写了《归去来辞》这首名赋。此后，他就过着农夫的生活，好几次有人请他做官，他一概拒绝。他家里本穷，故和穷人一起生活，在给他儿子的一封信里，曾慨叹他们的衣服褴褛，做着贱工。有一次他送一个农家的孩子到他的儿子那里去帮做挑水取柴等事，在给他儿子的信里说："此亦人子也，可善遇之。"

他唯一弱点就是喜欢喝酒。他平常过着孤独的生活，很少和宾客接触，可是一看见酒，纵使他不认识主人，也会坐下来和大家一起喝酒。有时他做主人的时候，在席上喝酒先醉，便对客人说："我醉欲眠卿且去。"（语出李白《山中与幽人对酌》）他有一张无弦的琴，这种古代的乐器只能在心情很平静的时候，慢慢地弹起来才有意思。他和朋友喝酒时，或是有兴致想玩玩音乐时，便抚抚这张无弦的琴。他说："但识琴中趣，何劳弦上声？"

他心地谦逊，生活简朴，且极自负，交友尤慎。江州刺史王弘很钦仰他，想和他交朋友，可是无从谋面。他曾很自然地说："我性不狎世，因疾守闲，幸非洁志慕声。"王弘只好和一个朋友用计骗他，由这个朋友去邀他喝酒，走到半路停下来，在一个凉亭里歇脚，那朋友便把酒食拿出来。陶渊明真的欣欣然就坐下来喝酒，那时王弘早已隐身在附近的地方，这时候便走出来和他相见。他非常高兴，于是欢宴终日，连朋友的地方也忘记去了。王弘见陶渊明无履，就叫他的左右为他造履。当请他量履的时候，陶渊明便把脚伸出来。此后，凡是王弘要和他见面时，总是在林泽间等候他。有一次，他的朋友们在煮酒，就把他头戴的葛巾来漉酒，用过了还他，他又把葛巾戴在头上了。

他那时的住处，位于庐山之麓，当时庐山有一个闻名的禅宗白莲社，是由一位大学者所主持。这位学者想邀他入社，有一天便请他赴宴，请他加入。他提出的条件是在席上可以喝酒，本来这种行为是违犯佛门戒条的，可是主人却答应他。当他正要签名入社时，却又"攒眉而去"。另外一个大诗人谢灵运很想加入这个白莲社，可是不得其门而入。后来那位方丈想跟陶渊明做个朋友，所以他便请了另一位道人和他一起喝酒。他们三个人，那个方丈代表佛教，陶渊明代表儒教，那个朋友代表道家。那位方丈曾立誓说终生不再走过某一座桥，可是有一天，当他和他的朋友送陶渊明回家时，他们谈得非常高兴，大家都不知不觉地走过了那桥。当三人明白过来时，不禁大笑。这三位大笑的老人，后来便成为中国绘画上常用的题材，这个故事象征着三位无忧无虑的智者的欢乐，象征着三个宗教的代表人物在幽默感中团结一致的欢乐。

他就是这样地过他一生，做一个无忧无虑的、心地坦白的、谦逊简朴的乡间诗人，一个智慧而快乐的老人。在他那本关于喝酒和田园生活的小诗集，三四篇偶然冲动而写出来的文章，一封给他儿子的信，三篇祭文（一篇是自祭文）和遗留给子孙的一些话里，我们看出一种造成那和谐生活的情感和天才，这种和谐的生活已达到了炉火纯青的境地，没有一个人能比他更卓越。他在《归去来辞》那首赋里所表现的就是这种爱好人生的情感。这篇名作是在公元四〇五年十一月，就是在决定辞去那县令的时候写的。

归去来辞

归去来兮，田园将芜胡不归！既自以心为形役，奚惆怅而独悲？悟已往之不谏，知来者之可追；实迷途其未远，觉今是而昨非。舟遥遥以轻飏，风飘飘而吹衣。问征夫以前路，恨晨光之熹微。乃瞻衡宇，载欣载奔，僮仆欢迎，稚子候门。三径就荒，松菊犹存；携幼入室，有酒盈樽。引壶觞以自酌，眄庭柯以怡颜；倚南窗以寄傲，审容膝之易安。园日涉以成趣，门虽设而常关；策扶老以流憩，时矫首而遐观。云无心以出岫，鸟倦飞而知还；景翳翳以将入，抚孤松而盘桓。

归去来兮，请息交以绝游。世与我而相违，复驾言兮焉求！悦亲戚之情话，乐琴书以消忧。农人告余以春及，将有事于西畴。或命巾车，或棹孤舟；既窈窕以寻壑，亦崎岖而经丘。木欣欣以向荣，泉涓涓而始流；善万物之得时，感吾生之行休。已矣乎，寓形宇内复几时，曷不委心任去留。
胡为乎遑遑欲何之？富贵非吾愿，帝乡不可期。怀
良辰以孤往，或植杖而芸籽。登东皋以舒啸，临清
流而赋诗。聊乘化以归尽，乐夫天命复奚疑？

也许有人以为陶渊明是"逃避主义者"，但事实上他绝
对不是。他要逃避的仅是政治，而不是生活的本身。如果他
是逻辑家的话，他或许早已出家做和尚，彻底地逃避人生了。
可是陶渊明不愿完全逃避人生，他是爱好人生的。在他的眼
中，他的妻儿太真实了，他的花园，那伸到他庭院里的枝丫，
他所抚摸的孤松，这许多太可爱了。他仅是一个近情近理的
人，他不是逻辑家，所以他要周旋于周遭的景物之间。他就
是这样爱好人生，由种种积极的、合理的人生态度，去获得
他所特有的能产生和谐的那种感觉。这种生之和谐便产生了
中国最伟大的诗歌。他为尘世所生，而又属于尘世，所以他
的结论不是逃避人生，而是"怀良辰以孤往，或植杖而芸
籽"。陶渊明仅是回到他的田园和他的家庭里去。所以，结果
是和谐，不是叛逆。

卷二

风景如画

秋天的况味

秋天的黄昏，一人独坐沙发上抽烟，看烟头白灰之下露出红光，微微透露出暖气，心头的情绪便跟着那蓝烟缭绕而上，一样的轻松，一样的自由。不转眼，缭烟变成缕缕细丝，慢慢不见了，而那霎时，心上的情绪也跟着消沉于大千世界，所以也不讲那时的情绪，只讲那时的情绪的况味。待要再划一根洋火，再点起那已点过三四次的雪茄，却因白灰已积得太多而点不着，乃轻轻的一弹，烟灰就悄悄的落在铜炉上，其静寂如同我此时用毛笔写在纸上一样，一点的声息也没有。于是再点起来，一口一口的吞云吐雾，香气扑鼻，宛如偎红倚翠温香在抱情调。于是想到烟，想到这烟一股温煦的热气，想到室中缭绕暗淡的烟霞，想到秋天的意味。这时才忆起，向来诗文上秋的含义，并不是这样的，使人联想的是萧杀、是凄凉、是秋扇、是红叶、是荒林、是衰草。然而秋确有另一意味，没有春天的阳气勃勃，也没有夏天炎烈迫人，也不像冬天之全入于枯槁凋零。我所爱的是秋林古气磅礴气象。有人以老气横秋骂人，可见是不懂得秋林古色之滋味。在四时中，我于秋是有偏爱的，所以不妨说说。秋是代表成熟，对于春天之明媚娇艳，夏日的茂密浓深，都是过来人，不足为奇了，所以其色淡，叶多黄，有古色苍茏之概，不单以葱翠争荣了。这是我所谓秋天的意味。大概我所爱的不是晚秋，是初秋，那时暄气初消，月正圆，蟹正肥，桂花皎洁，也未陷入凛烈萧瑟气态，这是最值得赏乐的。那时的温和，如我烟上的红灰，只是一股熏熟的温香罢了。或如文人已排脱下笔惊人的格调，而渐趋纯熟练达，宏毅坚实，其文读来有深长意味。这就是庄子所谓"正得秋而万宝成"结实的意义。在人生上最享乐的就是这一类的事。比如酒以醇以老为佳。烟也有和烈之辨。雪茄之佳者，远胜于香烟，因其意味较和。倘是烧得得法，慢慢的吸完一支，看那红光炙发，有无穷的意味。大概凡是古老、纯熟、熏黄、熟练的事物，都使我得到同样的愉快。如一本用过二十年而尚未破烂的字典，或是一张用了半世的书桌，或如看见街上一块熏黑了老气横秋的招牌，或是看见书法大家苍劲雄浑的笔迹，都令人有相同的快乐。人生世上如岁月之有四时，必须要经过这纯熟时期，如女人发育健全遭遇安顺的，亦必有一时徐娘半老的风韵，为二八佳人所不及者。使我最佩服的是邓肯的佳句："世人只会吟咏春天与恋爱，真无道理。须知秋天的景色，更华丽，更恢奇，而秋天的快乐有万倍的雄壮、惊奇、都丽。我真可怜那些妇女识见偏狭，使她们错过爱之秋天的宏大的赠赐。"若邓肯者，可谓识趣之人。

动人的北平

北平好像是一个魁梧的老人，具有一种老成的品格。一个城市与人相似，各有不同的品格，有的卑污狭隘，好奇多疑；有的宽怀大量，豪爽达观。北平是豪爽的，北平是宽大的。它包容着新旧两派，但它本身并不稍为之动摇。

穿高跟鞋的摩登女郎与着木屐的东北老妪并肩而行，北平却不理这回事。胡须苍白的画家，住在大学生公寓的对面，北平也不理这回事。新式汽车与洋车、驴车媲美，北平也不理这回事。

在高耸的北京饭店后面，一条小路上的人过着一千年来未变的生活，谁去理那回事？离协和医院一箭之地，有些旧式的古玩铺，古玩商人抽着水烟袋，仍然沿用旧法去营业，谁去理那回事？穿衣尽可随便，吃饭任择餐馆，随意乐其所好，畅情欣赏美善——谁来理你？

北平又像是一株古木老树，根脉深入地中，藉之得畅茂。

在它的树荫下与枝躯上寄生的，有数百万的昆虫。这些昆虫如何能知道树的大小，如何生长根，在地下有多深，还有在别枝上寄生的是什么昆虫？一个北平居民如何能形容老大的北平呢？

一个人总觉得他不了解北平。在那里已经住了十年以后，你偶然会在小路上发现一个驼背的老人，后悔没有早日遇见他；或是一个可爱的老画家，露着大肚子坐在槐树下的竹椅上用芭蕉扇摇风乘凉梦想他过去的日子；或是一个踢毽子的老人，他能把毽子放在头顶上一点一点的移动着，然后由背后掉下来时，平落在他的鞋底；或是一个刀手；或是一个儿童戏剧学校的太太；或是一个人力车夫变成满洲国的高贵人；或是一个前朝的县太爷。一个人怎敢说他了解北平呢？

北平是一个"珠玉之城"，一个人眼从未见过的珠玉之城。它是具有紫金的御色屋顶，以及宫殿亭园楼榭的珠玉之城。它为珠玉结成的古城，它有紫色的"西山"，青带似的"玉泉"，"中央公园"垂老的杉树，以及"天坛""先农坛"。城内有九个公园，三个御湖，名为中南北"三海"，现在任人游览。并且北平有蓝天洁月，雨夏凉秋，与高爽的冬日气候。

北平像是一个国王的梦境，它有宫殿、御园、百尺宽的大道、艺术博物院、专校、大学、医院、庙塔、艺商、与旧书摊林立的街道。北平像是一个饮食专家的乐园。它有数百年的饭馆，招牌被烟熏得破旧不堪，还有肩上搭着毛巾的光头堂倌，他们的招待是十足和蔼的，因为他们在满清政府服侍过高官大吏，曾受了传统的特别训练。北平是贫富共居的地方，每个邻近的铺号都许一个贫老的人记账取货，街上贩卖的东西很便宜。你可以留连在那里的一个茶馆里，一整个下午不走。北平是采购者的天堂，广有中国古代的手艺品、书籍、图画、古玩、玉石、珐琅镶嵌、灯笼之类。那是一个到处能买货的地方，商贩也会带着货物走上门来；在清晨，门外路上货贩众多，叫卖声形成极美妙的调门儿。

北平是清静的，它是一个住家的城市，每家都有一个院落，每院都有一个金鱼缸和一株梧桐或石榴树；那里的果蔬新鲜；桃就是桃，柿就是柿。它是一个理想的城市，每个人都有呼吸之地；农村幽静与城市舒适媲美。那里的街道排列恰当，清晨在花园中拔白菜的时候，抬头可以看到西山的雄姿——然而距离一家大百货商店，只有一箭之地。

北平有多样性——多样的人。它有法律与触犯法律的人，守法的警察与作奸犯科的警察，盗贼与保护盗贼的人，乞丐与乞丐之王。它有圣贤、罪人、回教徒、除妖的藏人、算命、拳手、和尚、妓女、中国与俄国的职业舞女、日本和朝鲜的走私者、画家、哲学家、诗人、收藏家、青年大学生、影迷。它有卑鄙的政客、年老息影的县官、新生活运动者、现充女佣的前清官吏的太太。

北平有五颜六色旧的与新的色彩。它有皇朝的色彩，古代历史的色彩，蒙古草原的色彩。驼商自张家口与南口来到北平，走进古代的城门。它有高大的城墙，城门顶上宽至四五十公尺 ①。它有城楼与齐楼，它有庙宇、古老花园、寺塔：每一块石头，每一棵树木，以及每一座桥梁，都具有历史典故。

使北平成为理想的居住城市的原由，可列举下列三点来加以说明：

北京城虽始建于十二世纪，但它现在的式样是明朝永乐皇帝在十五世纪初建造的（永乐皇帝也重建过长城）。因之富有皇室的华贵。有一个南城，稍小于北城，自南城最南的门向内，有一条绵延五英里的中轴，它穿经依次相连的每一道城门，直抵皇宫正殿。

紫禁城位于北城的中心，周围绕有城壕与金色瓦顶的墙垣，背后是煤山，山上共有五座亭台，顶上盖有灿烂彩色的

---

① 公尺：公制长度单位。米的旧称。

瓦。由煤山可以看到那条中轴，附近还有鼓楼。三海位于紫禁城的西面与西南面，那里是皇室的画舫遨游之地。

与中轴平行的是两条康庄的大道，在东城是哈德门大街，在西城是宣武门大街，每条大街宽约六十英尺，在紫禁城前接连两街东西直通的大道，是宽逾百尺的天安门大街，在外城南门附近，位于中轴东西两端的，是天坛与先农坛。那里是皇帝祈年风调雨顺之处。

因为中国人对建筑美的观念，须兼顾雅适而不仅在高伟，宫殿屋顶所以都属于平阔一类的，也因为皇帝之外，无人许住楼房，所以到处都显得极其宽阔。

因是使北平显得如此舒适可爱的，成为居民的生活方式。居住在繁华街衢附近的人，也都能安详生活。那里的生活程度很低，生活也颇富意味。政府官员与阔人可以聚餐于大饭馆，而洋车夫用一个铜板，也可以买到油盐酱醋，不论在什么地方，附近总会有一个杂货店，与茶馆的。

那儿很自由去追求你的学问、娱乐、嗜好，或者去赌博和搞政治。没有人理会你穿什么衣服，做什么事。这就是北平的兼容并包之处，你可以和贤人与恶人往来，和学者与赌徒往来，或者和画家往来。如果你景仰皇帝，可以到禁宫周围散步，幻想你自己也是一个皇帝。

如果你要是有闲，你可以在城内的九个公园中，任意游逛，坐在竹椅上或是杉树下的藤椅上，整一下午喝你的茶；所费不过是两角五分。那些茶役常是和蔼客气。或者在夏天的下午，你可以去游什刹海（湖），或者你可以出西直门去游览颐和园。

北平城外大都是村庄麦田，到处可见裸体的儿童，他们在路边嬉戏时，常向行人讨钱。你可以和他们交谈，或者闭目装睡，不理他们。你或者可以去圆明园找意大利宫殿的古迹，它是被八国联军强劫烧毁的。

在路过颐和园的途中，你可以在那里留连一整天的时光。沿途经过许多美丽的景象，玉泉山的大理石塔便在望了，在那里你可以留连一个下午，面前就是西山，景色迷人，可以数月忘返。

但是北平最迷人的，是住在那里的常人，他们不是圣贤和教授，而是人力车夫。从西城到颐和园洋车费一元左右，你或者以为这是很便宜的。这的确是便宜，而车夫却欣然收之。看着车夫们沿途互相取乐，笑论别人的不幸遭遇，你会有莫名其妙之感。

在晚上返家的途中，你也许会遇到一个褴褛的老年人力车夫。他向你讲述他的遭遇时，口吻诙谐清雅。如果你以为他年纪过老，想要下车步行时，他一定要强拉你回家。但是如果你突然跳了下来，然后把车钱照付，他向你表示的那种竭诚感激，是你有生以来从未见过的。

庆祝旧历元旦

中国阴历新年，是中国人一年中最大的佳节，其他节日，似乎均少节期的意味。五日内全国均穿好的衣服，停止营业，闲逛，赌钱，打锣，放鞭炮，拜客，看戏。那是个黄道吉日，每人都盼望有一个更好更荣华富贵的新年，每人都乐于增多一岁，而且还准备了许多吉利话向他邻舍祝贺。

不能在元旦责骂女佣，最奇怪的是中国劳苦女人也清闲了，嚼着瓜子，不洗衣，不烧饭，甚至拿一把菜刀都不肯。这种懒惰的辩论是元旦切肉就会切掉运气，洗什么东西就会洗掉运气，把水倒掉就会倒掉运气。红色春联贴满在每家门上，写着：好运、快乐、和平、富贵、青春。因为这是个大地春回，生命、发达、富贵复归的节日。

街头屋前，到处是爆竹声，充塞着硫磺味。父亲失了他们的威严，祖父更比以前和蔼，孩子们吹口笛，带假面具，玩泥娃娃。乡下姑娘穿红戴绿，跑三四里路到邻村去看草台戏。村上的纨绔少年，恣意的卖弄他们的风情。那天是女人的解放日，洗衣烧饭的苦工解放日，有人饿了，就煎年糕来吃，或用现成的材料下一碗面，或到厨房里偷两块冷鸡肉。

中国政府早已正式废除阴历新年，但阴历新年依然故我，不曾被废除掉。

我是个极端摩登的人。没有人可以说我守旧。我不仅遵守阳历，而且还喜欢倡行十三个月的年历，每月只有四星期或二十八天。换句话说，我的观点很科学化，很逻辑化。就是这点科学的骄傲，使我在过阴历新年时大失所望。每人都假装着庆祝，一点没有真感情。

我并不要旧历新年，但旧历新年自己来了。那天是阳历二月四号。

科学的理智教我不要遵守旧历，我也答应照办。旧历新年来到的声音在一月初已经听到了，有一天我早餐吃的是腊八粥，使我立刻记起那是阴历十二月初八。一星期后，我的用人来借额外的月薪，那是他旧历除夕所应得的。他下午息工出去的时候，还给我看他送给妻子的一包新衣料。二月一号、二号，我得送小费给邮差、运货车夫、书店信差等等。我常觉得有什么东西快来了。

到二月三号，我还对自己说："我不过旧历新年。"那天早晨，我太太要我换衬衣，"为什么？"

"周妈今天洗你的衬衣。明天不洗，后天不洗，大后天也不洗。"要近乎人情，我当然不能拒绝。

这是我屈服的开始。早餐后，我家人要到银行去，因为虽然政府命令废除旧历新年，银行在年底照样有一种微小的提款恐慌。"语堂，"我的太太说，"我们要叫部汽车。你也可以顺便去理一理头发。"理发我可不在意，汽车倒是个很大的诱惑。我素来不喜欢在银行进进出出，但我喜欢乘汽车。我想沾光到城隍庙去一趟，看看我可以给孩子们买些什么。我想这时总有灯笼可买，我要让我最小的孩子看看走马灯是什么样的。

其实我不该到城隍庙去的。在这个时候一去，你知道，当然会有什么结果。在归途中带了一大堆东西，走马灯、兔子灯、几包中国的玩具，还有几枝梅花。回到家里，同乡送来了一盆家乡著名的水仙花。我记得儿时新年，水仙盛开，发着幽香。儿时情景不自禁地出现在我眼前。我一闻到水仙的芬芳，就联想到春联、年夜饭、鞭炮、红蜡烛、福建桔子、清晨拜年，还有我那件一年只能穿一次的黑缎袍。

中饭时，由水仙的芳香，想到吾乡的萝卜粿（萝卜做的年糕）。

"今年没人送萝卜粿来。"我慨叹地说。

"因为厦门没人来,不然他们一定会带来。"我太太说。

"武昌路广东店不是有吗? 我记得曾经买过,我想我仍然能找到那家店。"

"不见得吧?"太太挑衅地说。

"当然我能够。"我回驳她。

下午三时,我已手里提一篓两磅①半的年糕从北四川路乘公共汽车回来。

五时炒年糕吃,满房是水仙的芳香,我很激烈地感到我像一个罪人。"我不准备过新年,"我下了决心说,"晚上我要出去看电影。"

"你怎么能?"我太太说。"我们已经请 × 君今晚来家里吃饭。"那真糟透了。

五时半,最小的女儿穿了一身新做的红衣服。

"谁给她穿的新衣服?"我责问,心旌显得有点动摇,但还能坚持。

"黄妈穿的。"那是回答。

六时发现蜡烛台上点起一对大红蜡烛,烛光闪闪,似在

---

① 磅:英美制质量单位。1 磅 = 0.4536 千克。

嘲笑我的科学理智。那时我的科学理智已很模糊，微弱，虚空了。

"谁点的蜡烛。"我又挑战。

"周妈点的。"

"是谁买的？"我质问。

"还不是早上你自己买的吗？"

"真有这回事吗？"那不是我的科学意识，一定是另外一个意识。

我想有点可笑，但记起我早晨做的事，那也就不觉得什么了。一时鞭炮声音四起，一阵阵的乒乓声，像向我意识深处进攻。

我不能不抵抗，掏出一块洋钱给我的仆人说：

"阿秦，你拿一块钱去买几门天地炮，几串鞭炮。越大越响越好。"

在一片乒乓声中，我坐下来吃年夜饭，我不自觉地感到很愉快。

四季

　　任何城市的气候都在人们的生活中起重要作用。有人说希腊的生活观念，甚至希腊散文的清新风格都是辽远开阔的爱琴海和地中海上明媚可人的阳光的反映。如果在寒冷的挪威，对裸体艺术的崇拜是令人不可想象的。在印度，森林中的智者获得聪明才智是由于气候如此炎热，唯一可做之事便是坐在阴凉处冥思苦想。法国温暖的气候为人们建造露天咖啡馆提供了可能性。这样的设施建于寒冷多雨的气候里是不太可能的。英国人需要用丰盛的早餐和正茶增强他们的御寒能力，去勇敢面对早晨的寒冷，为了逃避下午的大雾，也同样渴望红红的炉火和热茶。我相信寒冷的天气和厚围巾甚至对语音也有一定影响，像在英国，人们用围巾扎紧喉部肌肉，说话时几乎张不开嘴。北京方言中也有清纯敦厚的元音，听起来很悦耳。只是在人不觉寒冷时才会发出如此悠闲适度的韵律。

北京位于北纬四十度。就气候而言，对北京倒并无什么不良影响。处于同一地理位置的纽约、意大利南端、希腊北方及伊朗也是如此。北京冬季阳光明媚，夏季雨水充足，这种结合看起来非常理想。雷公自十月份离开北京整整一个冬季。湖面、池塘结了一层薄薄的冰，乡村的孩子们就穿着布鞋在冰面上滑来滑去，有时借助于绑在脚上的干草溜冰。（据马可·波罗先生记载，忽必烈汗和他的王子们曾举行过溜冰游乐会。）气候干冷得刺骨，西山顶上可能会被雪覆盖，但这很少见。干燥、稀薄但却明亮的太阳将地面的土照成明净的浅黄色。乡下的土被严寒冻得龟裂开来。

冬季里，西山的小羊长出了浓密的羊毛。人们逃进了挂着厚棉门帘的大门内，门帘上有木板加固以防寒风吹得它嘎嘎响。在酒馆里，蒸汽与人们呼出的气体混杂在一起，七十度老白干的气味与芳香的洋葱、烤羊肉味混杂在一起。男人、女人们都明智地穿上了内衬皮毛的长袍。羊皮非常便宜，甚至连黄包车夫也能买得起。衣服末襟附着一冬天的灰尘。老人们的斗篷，通常用布或丝绸制成，黑色或红色的头饰，系在头上，绕在脖子和肩上。穿着上一个最明显的习惯就是将裤角用带子系起来，起到防尘和保暖作用。此外还有一种穿法，就是棉裤外穿上套裤。这套裤也是在脚踝外扎住，但是后面的裤腿上口被去掉，前面的裤腿系在腰上，这样既保暖又不妨碍腿的自由运动。

屋子里是用炭火盆取暖。燃烧的木炭放在厨房中，直到不冒烟了再放入铜盆里，盖上热灰。窗户用厚实、耐用、柔软的纸蒙住，可用来隔离冷风和热气。真正的御寒措施要属土炕。那是修在屋内的卧榻，通常是顺着屋子的长度而设的，能有七八英尺宽，和一般床的长度一样。这种炕用泥和砖筑成，生火和通风都在屋外，白天它的功用是代替座椅，晚上才用作床。不富裕的家庭，取暖设备很有限，冬天里可能全家人都挤在一个热炕头上睡觉。通常人家用草席子铺地，富裕家庭却用豪华的厚地毯。人们在外衣内穿了几层内衣，晚上便不用换睡衣——当天气寒冷时会感到很方便。有些很穷的满族人睡觉时一丝不挂，以减少睡衣的磨损。

当屋外狂风呼啸，干燥的树枝被折断压在屋脊上，屋内却温暖舒适。夜幕降临，屋内一片平和的气氛。有寂静，也有喧嚣。胡同里开始慢慢有了动静。古时候，钟鼓楼传出的钟声充当着守夜人，这职能现已被城市雇佣的守夜人所代替。他们走街串巷，用木锤击着梆子，午夜击三下，破晓时击五下。小巷里传来小贩们的叫卖声，轻柔，低沉，远远地拉着长腔。听说有些欧洲人认为这种叫卖声是对人们睡眠的最讨厌的干扰，而另一些人则认为那是一种独特的、平静的、睡眠时不可或缺的声音。

无论冬夏，小贩的叫卖声都充斥着小巷。他们很注意街坊的安静，只是给他们的生活带来轻微的骚动。小贩们对于家庭主妇来说作用匪浅。她们感谢小贩的服务，如果她们不愿意去市场，那就可以不去，因仍能从小贩那儿买到需要的东西，因为生意人会送货上门。卖鱼的大约上午十点左右到来，卖女人们日用小物品如针线、带子、孩子玩具的小贩们一天中随时都可能上门。另一种买卖就是走街串巷收瓶子换火柴的。这种小贩说不定何时来，只要他们一来，勤俭的主妇们就会准备好空瓶子，换取免费的火柴。这种小贩的到来并没有频繁到打扰小巷平静的程度，倒是给小巷带来了生机。

不同的街头小贩都能根据其不同的叫卖声识别出来。在炎热而令人倦怠的午后，大音钗的颤响告诉人们有人来给孩子理发了。理发师被请进院子里，如果妈妈愿意，她会自己提供水盆和毛巾。铜盘的叮当声告诉人们卖酸梅汤的来了，那是一种又酸又甜的野果制成的冷饮。

再没有什么能比夜里十一点听到用瓷勺敲碗的叮当声更令人高兴了，那是小贩来卖浸糖水的小汤圆了。不管白天还是晚上都会听到小贩们叫卖甘美圆润的冻柿子的吆喝声，还有孩子们喜欢吃的冰糖葫芦，裹着糖的小果，五六个串成一串，染上红色招徕顾客。有人在宋代的短篇小说中，即在上溯至十二世纪的作品中，便读到有关在居民区卖烤山鸡、烤鹌鹑的小贩的情形。汤圆、热面、冷饮都可作为夜间快餐——尤其是在电话尚不发达的情况下，这种巡回移动的餐馆是个不错的玩意，主妇们不必离开家门就可买到许多略显奢侈的食品。

这些商贩们有一特别之处，就是他们用手捂住耳朵的样子。人们能想象到，若用手扣在嘴边，那拉着长腔，又总是富有节奏的叫卖声会传得更远，但他们似乎也相信若用手扣在耳边，声音会更清晰——可能是他们自己听得更清晰吧。

春天来了。人们从市郊采回象征春天来临的桃花枝儿，坐着面包车和四轮车路过西直门大街或哈德门大街。在城内有无数的寺庙、公园。人们或是去前门外古老的寺庙内赏丁香，或是去昭孝寺观牡丹，或去更远的先农坛那边，在外城南门内饱览刚刚发芽的桑树叶。人们还可以去齐化门外的东药庙祭拜司掌婚姻和长寿的各位神灵。前门外的天桥，是个大众娱乐场所，有拳师和卖艺人的表演，还有露天演戏，十分活跃。花市设在厂甸。庙会通年常在，主要是在东城的隆福寺和西城的护国寺，每月交替举行，在固定的日期，如一日、十一日、二十一日在一处举行，三日、十三日和二十三日便在另一处举行。

城外，在白云观附近的跑马场，有赛马跑道。再向远处，在万寿寺，人们可以在直通颐和园的水面泛舟。在西山游览至少要一天时间，因为要游玉泉山或卧佛寺，或更远一点的西山八大处。有春假的人们则要出城去游览明十三陵，或是居庸关一段的长城。

由于北京处于北纬区，春天很短，而秋天又与冬天连得很紧。不知不觉中，它由春天进入最理想的季节——夏天。许多公园里都有茶馆，人们可以在古老的绿柏树下品茶，懒洋洋地躺在矮藤椅上，闲看周围的世界。每到星期日，中央公园里总是人群熙攘，但在平时，中央公园、先农坛里却是一片荫凉恬静。坐在露天的茶园中，附近是古墙和皇城门，花上两毛钱买碗面条，深谙悦人之道的小伙计在旁侍候，这些似乎表达了北京生活的精华。这也正像逛庙会，人们从中体味到一种宁静悠闲的气氛。悠闲，一种对过去的认识，对历史的评价，一种时间飞逝的感觉和对生活的超然看法油然而生。中国文学、艺术的精华可能就是这样产生的。这不是自然状态下的现实存在，而是一种人们头脑中幻化出的生活，它使现实的生活带上了一种梦幻般的性质。

秋天，在城南的大沼泽地里，经过整个夏季养得肥肥的野鸭，和躲藏在河边灌木丛中的苍鹭，开始了一年一次的南迁。公园和西山都泛着红、紫色。西山上红土与蓝天映衬混杂一起，产生了著名的西山紫坡景观，在更高、更远的山顶，山色渐渐变成暗紫色和灰色。秋天的颜色变幻无常，尤其是在干冷的北京。大自然提醒所有的造物储存起能量，消歇下来，迎接正在临近的冬天。住在北京的南方人看到鸟类南迁，就会引发思乡之情。人们至少要每年一次做好准备，对付来自蒙古沙漠的大风沙，它不在五月便会在十月到来。届时天空阴暗，太阳看起来泛着黄色。尘土很像一层厚厚的云。它钻进人们的耳朵和鼻孔里，弄得满嘴沙砾。漂亮的女人坐在黄包车中，用美丽的丝巾蒙着脸，丝巾随风飘动着。家中的每件物品也都被盖上一层细尘土。不管门窗关得多紧，尘土都会钻入缝隙。大风沙要持续一两天，然后太阳才会重新露面。

很快便到了晚秋，名目繁多得无以复加的菊花在隆福寺和厂甸同时上市，正阳楼的螃蟹又肥又香。草木已变得枝叶干爽松脆，正像岁月在老人身上带来的变化一样。风吹过园子里的松树和枣树，夏季树叶轻柔的娑娑声变成秋日劲风的啸叫，夏季已成记忆，炉边的蟋蟀叫个不停。人们清扫门前院落，却无心扫净那枫叶，留下几片落叶静静地躺在院子里。

冬天再一次来临，循环往复又一年。举世闻名的北京白松像白色、瘦长的精灵矗立于山巅。裹着麻袋片的乞丐们在寒冷中颤抖着。

论石与树

现在的事情，真使我莫名其妙。房屋都是造成方形的，整齐成列。道路也是笔直的，并且没树木。我们已不再看见曲径、老屋和花园中的井，城市中即使有两处私人的花园，也不过是具体而微罢了。我们居然已做到将大自然推出我们生活之外的地步。我们住在没有屋顶的房子，房屋的尽处即算是屋顶，只要合于实用，便算了事，营造匠人也因看得讨厌而马虎完事。现在的房屋，简直像一个没有耐心的小孩用积木所搭成的房子，在没有加上屋面，尚未完成时，即已觉得讨厌而停工了。大自然的精神已经和现代的文明人脱离。我颇以为人类甚至已经企图把树木也文明化起来，我们只需看一看大道旁所植的树，株数间隔何等整齐，还要把它们消一下毒，并且用剪子修整，使它们显出我们人类所认为美丽的形式。

我们现在种花，每每种成圆形，或星形，或字母形。如若当中有一株的枝叶偶尔横叉出齐整线之外，我们便视之如西点军校（West Point）学兵操练当中有一个学兵步伐错误一般可怕，而赶紧要用剪子去剪它下来。凡尔赛所植的树，都是剪成圆锥形，一对一对极匀称地排列成圆形或长方形，如兵式操中的阵图一般。这就是人类的光荣和权力，如同训练兵丁一般去训练树木的能力。如若一对并植着的树高矮上略有参差，我们便觉得非剪齐不可，使它不至于扰乱我们的匀称感觉、人类的光荣和权力。

所以，当前的大问题就是：怎样去要回大自然、将大自然依旧引进人类的生活里边？这是一个极难于措置的问题。人们都是住在远离泥土的公寓中，即使他有着最好的艺术心性，将何从去着力呢？即使他有另租一间房屋的经济实力，但这里边怎样能够种植出一片草场，或开一口井，或种植一片竹园呢？一切的一切都是极端的错误，都是无从挽回的错误。除了摩天大厦，和夜间成排透露灯光的窗户之外，还有什么可以使人欣赏的东西呢？一个人越多看这种摩天大厦以及夜间成排透露灯光的窗户，便会越自负人类文明的能力，而忘却人类本是何等渺小的生物。所以我只能认这个问题为无解决的可能，而搁在一旁。

所以，第一步我们须使每个人有很多的空地。不论什么借口，剥夺人类土地的文明总是不对的。假使将来产生一种文明，能使每个人都有一亩的田地，他才有下手的机会，他就可以有着自己所有的树，自己所有的石。他在选择地段的时节，必去选原有大树的地方。倘若果真没有大树，他必会赶紧去种植一些易于生长的树，如竹树、柳树之类。他不必再将鸟养在笼中，因为百鸟都会自己飞来。他必会听任青蛙留在近处，并且留些蝎子、蜘蛛。那时他的儿童才能在大自然中研究大自然，而不必从玻璃柜中去研究。儿童至少有机会去观察小鸡怎样从鸡蛋中孵出来，而对于两性问题不会再和那波士顿高等家庭中儿童一般一窍不通了。他们也有了机会可以看见蝎子和蜘蛛打架，他们的身上将时常很舒服地污秽了。

中国人的爱石心性，我在他文已经提过，这就可以解释为什么中国人在画中都喜欢山水的理由。但这解释还不过是基本的，尚不足以充分说明一般的爱石心理。基本的观念是石是伟大的、坚固的，暗示一种永久性。它们是幽静的、不能移动的，如大英雄一般具着不屈不挠的精神。它们也是自立的，如隐士一般脱离尘世。它们也是长寿的，中国人对于长寿的东西都是喜爱的。最重要的是：从艺术观点看起来，它们就是魁伟雄奇，峥嵘古雅的模范。此外还有所谓"危"的感想，三百尺高的壁立巉岩总是奇景，即因它暗示着一个"危"字。

　　但应该讨论的地方还不止于此。一个人绝不能天天跑到山里去看石，所以必须把石头搬到家中。凡是花园里边的垒石和假山，布置总以"危"为尚，以期模仿天然山峰的峥嵘。这是西方人到中国游历时所不能领会了解的。但这不能怪西方人，因为大多数的假山都是粗制滥造、俗不可耐，都不能使人从中领略到真正的魁伟雄奇意味。用几块石头所叠成的假山，大都用水泥胶粘，而水泥的痕迹往往显露在外。真正合于艺术的假山，应该是像画中之山石一般。假山和画中山石所留于人心的艺术意味无疑地是相类而联系的。例如，宋朝的名画家米芾曾写了一部关于观石的书，另一宋朝作家曾写了一部石谱，书中详细描写几百种各处所产合于筑假山之用的石头。这些都显示假山当宋代名画家时代，已经有了很高度的发展。

　　和这种山峰巨石的领略平行的，人类又发展了一种对园石的不同的领略，专注于颜色纹理面皱和结构，有时注意于击时所发出的声音。石愈小，愈是注意于结构和纹色。许多人的对于集藏各种石砚和石章的癖好更增长了这一方面发展。这两种癖好是被许多中国文士当做日常的功课的。于是纹理细腻、颜色透明鲜艳成为最重要之点，再后，又有人癖好玉石所雕的鼻烟壶，情形也是如此。一颗上好的石章或一个上好的鼻烟壶，往往可以值到六七百块钱。

要充分领略石头在室内和园内的用处，我们须先研究一下中国书法。因中国书法专在抽象的笔势和结构上用功夫。好的石块，一方面固然应该近乎雄奇不俗，但其结构更为重要。所谓结构并不是要它具着匀称的直线形、圆形或三角形，而应是天然的拙皱，老子在他所著的《道德经》中常称赞不雕之璞。我们千万不可粉饰天然，因为最好的艺术结晶也和好的诗文一般须像流水行云的自然，如中国评论家所谓不露斧凿之痕。这一点可以适用于艺术的任何一方面。我们所领略的是不规则当中的美丽，结构玲珑活泼当中的美丽，富家书房中常爱设用老树根所雕成的凳子，即是出于这种领略的观念。因此，中国花园中的假山大多是用未经斧凿的石块所叠成，有时是用丈余高的英石峰，有时是用河里或山洞里的石块，都是玲珑剔透，极尽拙皱之态的。有一位作家主张：如若石中的窟窿恰是圆形的，则应另外拿些小石子粘堆上去以减少其整圆的轮廓。上海和苏州附近花园中的假山大都是用从太湖底里所掘起的石块叠成的，石上都有水波的纹理，有时取到的石块如若还不够嵌空玲珑，则用斧凿修琢之后，依旧沉入水中，待过一两年后，再取出来应用，以便水波将斧凿之痕洗刷净尽。

150

对于树木的领略是较为易解的，并且当然是很普遍的。房屋的四周如若没有树木，便觉得光秃秃的如男女不穿衣服一般。树木和房屋之间的分别，只在房屋是造的，而树木是生长的。凡是天然生长出来的东西总比人力造成的更为好看。为了实用上便利的理由，我们不能不将墙造成直的，将每层房屋造成平的。但在楼板这件事上，一所房屋中同层各房间的地板，其实并没有必须在同一水平线上的理由。不过我们已不可避免地偏向直线和方形，而这种直线和方形非用树木来调剂便不美观。此外在颜色设计上，我们不敢将房屋漆成绿色，但大自然敢将树木漆成绿色。

艺术上的智慧在于隐匿艺术。我们都是太好自显本领，在这一点上我不能不佩服清代的阮元。他于巡抚浙江的任上，在杭州西湖中造了一个小屿，即后人所称的"阮公屿"。这屿上并没有什么建筑，连亭子碑柱等都没有，他在这件创作上完全抹去了个人。现在这阮公屿依然峙立在西湖的水中，是约有百码方圆的一方平地，高出水面不过尺余，地上所有的不过是青葱飘拂的柳树。如在一个烟雾弥漫的日子去远望这屿，你便能看到它好似从水中冉冉上升。杨柳的影子映在水中，冲破了湖面的单调，而使它增加了风韵。所以这阮公屿是和大自然完全和谐的。它不像那美国留学生回国后所造的灯塔式纪念塔般，令人看了触眼。这纪念塔是我每看见一次便眼痛一次的。我曾公开地许愿，我如若有一天做了强盗头而占据杭州，我的第一件行动便是用大炮将这个纪念塔轰去。

在数千百种的树木中，中国名士和诗人觉得有几种的结构和轮廓，由于从书法家的观点上具着种种特别的美处，所以尤其宜于艺术家的欣赏。这就是说，虽然凡是树木都是好看的，但其中某某几种更是具着特别的姿势或风韵。所以他们特把这几种树木另提出来，而将它们联系于各种的指定感情。例如：橄榄树的峥嵘不如松树，杨柳虽柔媚但并不雄奇。有少数几种树木是常见于画幅和诗歌中的，其中最杰出的，如松树的雄伟，梅树的清奇，竹树的纤细令人生家屋之感，杨柳的柔媚令人如对婀娜的美女。

对松树的欣赏，或许可算最惹人注意和最具着诗的意义，它比别的树更能表征行为高尚的概念。因为树木当中也有最高尚和不高尚之别，也有雄奇和平淡之别，所以中国艺术家常称美松树的雄伟，如马修·阿诺德（Mathew Arnold）称美古希腊诗人荷马的伟大。在树木之中，想向杨柳去求雄伟，其徒然无效正如在诗人之中想向斯威本（Swinburne）去求雄奇。

美丽的种类种种不一：如柔和之美、优雅之美、雄伟之美、庄严之美、古怪之美、粗拙之美、力量之美、古色古香之美。松树就因为具着这种古色古香的性质，所以在树木中得到特别的位置。正如隐居的高士，宽袍大袖、扶着竹杖在山径中行走，而被认为是人类的最高理想一般。李笠翁因此曾说，坐在一个满植杨柳桃花的园中，而近旁没有松树，就等于坐在儿童女子之间，而旁边没有一个可以就教的老者一般。中国人也为了这个理由，于爱松之中尤爱松之老者，越老越好，因为它们更其雄伟。和松树并立的是柏树，也是以雄奇见称。它的树枝都是弯曲虬缠而向下的，向上的树枝象征少年的蓬勃朝气，而向下的树枝象征俯视年轻人的老者的佝偻姿势。

我曾说过，松的可爱处是在艺术上意义更深长，因为它代表幽静雄伟和出世，正和隐士的态度相类。这个可爱处常和玩石、在松下徘徊的老人联系在一起，如在中国画中所见的一般。当一个人立在松树下向上望时，心中会生出它是何等苍老、在宁静的独立中何等快乐的感想。老子说，大地无言。苍老的松树也无言，只是静静沉着地立在那里俯视世界，好似觉得已经阅历过多少人事沧桑，像有智慧的老人一般无所不懂，不过从不说话。这就是它神秘伟大的地方。

梅树的可爱处在于枝干的奇致和花的芬芳。诗人于欣赏树木时，常以松、竹、梅为寒冬三杰而称之为"岁寒三友"。因为竹和松是长青树，而梅在冬末春初时开花，所以梅树特别象征品质的高洁，一种寒冷高爽中的纯洁。它的香味是一种冷香，天气越冷，它越有精神。它也和兰花一样表征幽静中的风韵。宋代的隐居诗人林和靖曾以"妻梅子鹤"自傲。遗迹现在依旧在西湖的孤山，他的墓旁还有一座鹤冢，每年诗人和名士去凭吊者很多。梅树的姿态和芬芳的可爱处，中国有一句古诗描写最好。那句诗是：

　　暗香浮动月黄昏

　　后来的诗人都认为这七个字已经写尽了梅花的美处，更不能有所增减。

　　人的爱竹，爱的是干叶的纤弱，因此植于家中更多享受。它的美处是一种微笑般的美处，所给我们的乐处是一种温和的乐趣。竹以瘦细稀疏为妙，因此两三株和一片竹林同样可爱，不论在园中或画上。因为竹的可爱处在纤瘦，所以画在画上时只须两三枝即已足够，正如画梅花只须画一枝。纤瘦的竹枝最宜配怪石，所以画竹时，旁边总画上几块皱瘦玲珑的石头。

杨柳极易于生长，河边岸上也可以种植。这树象征女性的绝色美丽。张潮即因此认杨柳为世上四种最感人的物事之一，而说"柳令人感"。中国美人的细腰，中国的舞女穿着的长袖的宽袍，于舞时都模拟着柳枝在风中回旋往复的姿势。因为柳树极易生长，中国有许多地方数里之中遍地是柳，当阵风吹过之时，便能激起所谓"柳浪"。此外黄莺和蝉都最喜欢栖于柳树，图画中画到杨柳时，每每都画上几只黄莺和蝉以为点缀，所以"西湖十景"中，有一处的名称即是"柳浪闻莺"。

此外当然还有许多可爱的树木，如梧桐树因树皮洁净，可以用小刀刻画诗词，而被人所爱。也有人喜爱盘绕在树根或山石上的巨藤，它们回环盘绕，和大树的直干适成一种对比。有时这种巨藤很像一条龙，于是称它为"卧龙"，横斜弯曲的老树枝干，也因为这个理由为人所爱。苏州太湖边的木渎地方有四棵老柏，其名为"清""奇""古""怪"。"清柏"的干很直，上面的枝叶四面铺张开来如同伞形。"奇柏"横卧地上，树干有三个弯曲如Z形。"古柏"光皮秃顶，伸着半枯的树枝同人的手指一样。"怪柏"自根而上树干扭绞如同螺旋一般。

最重要的是人人爱树木，不单是爱树木本身，而也连带爱着其他的天然物事如：石、云、鸟、虫，和人。张潮曾说：

"艺花可以邀蝶，累石可以邀云，栽松可以邀风，……种蕉可以邀雨，植柳可以邀蝉。"人于爱树木之中连带爱着树上的鸟声，爱石之中连带爱着石旁的蟋蟀声。因为鸟必在树上，蟋蟀必在石旁方肯鸣叫。中国人喜爱善鸣的蛙、蟋蟀和蝉，更胜于爱猫、狗或别种家畜。动物之中，只有鹤的品格配得上松树和梅花。因为鹤也是隐逸的象征，一个高人看见一只鹤，甚至一只鹭，白而洁净，傲然独立于池中时，他便会期望自己也化成一只鹤。

郑板桥在写给他弟弟的信中，有一段论到不应该将鸟儿关在笼中，最能表现出人类怎样去和大自然融合而得到快乐（因为动物都是快乐的）的思想：

所云不得笼中养鸟，而予又未尝不爱鸟，但养之有道耳。欲养鸟，莫如多种树，使绕屋数百株，扶疏茂密，为鸟国鸟家。将旦时，睡梦初醒，尚辗转在被，听一片啁啾，如《云门》《咸池》之奏。及披衣而起，颒面漱口啜茗，见其扬翚振彩，倏往倏来，目不暇给，固非一笼一羽之乐而已。大率平生乐处，欲以天地为囿，江溪为池，各适其天，斯为大快。比之盆鱼笼鸟，其钜细仁忍何如也！

论花和折枝花

　　现在的人对于花和插花的爱好这件事，似乎都出以不经意。其实呢，要享受花草也和享受树木一般，须先下一番选择功夫，分别品格的高低，而配以天然的季节和景物。就拿香味这一端讲起来，香味很烈的如茉莉，较文静的如紫丁香，最文静细致的如兰花。中国人认为花的香味越文静的品格越高。再拿颜色来讲，深浅也种种不一。有许多浓艳如少妇，有许多淡雅如闺中的处女，有许多似乎是专供大众欣赏的，而另有些幽香自怡，不媚凡俗。有许多以鲜艳见长，有许多则以淡雅显高。最重要的是：凡是花木都和开花的季节和景物有连带特性。例如我们提到玫瑰时，便自然想到风清日和的春天；提到荷花时，便想到风凉夏早的池边；提到桂花时，便想到秋高气爽的中秋月圆时节；提到菊花时，便想到深秋对菊持螯吃蟹时的景物；提到梅花时，便想到冬日的瑞雪；联想到水仙花，便会使我们想到新年的快乐景色。每一种花似乎都和开花时的环境完全融洽和谐，使人易于记忆什么花代表什么季节的景物，如同冬青树代表圣诞节一般。

兰花、菊花和莲花也如松竹一般，为了具着某种特别的品质而特别为人所重视，在中国的文学中视之为高人的象征。其中兰花更因为具着一种特式的美丽而为人所敬爱。中国诗人于花中最爱梅花，这一点上文中已经有所说明，称之为"花魁"，因为梅花开于新年，正是一年之首，占着百花先。但是各人的意见当然也有不同的，所以有许多人则尊牡丹为"花王"，尤其是在唐代。另一方面说起来，牡丹以浓艳见长，所以象征富贵，而梅花以清瘦见长，所以象征隐逸清苦。因此，前者是物质的，而后者则是精神的。中国有一位文人极推崇牡丹，原因是当唐朝武则天临朝的时代，她一时忽发狂兴，诏谕苑中百花必须冬月的某天一齐开放，百花都不敢不按时开放，唯有牡丹独违圣旨，比规定的时刻迟了数小时方始开花。因此触了武则天的怒，而下诏将苑中几百盆牡丹一起从京都（西安）贬到洛阳去。从此牡丹失去了恩宠，但其种未绝，以后盛于洛阳。我以为中国人不很重视玫瑰花的理由，大概是因为玫瑰和牡丹同其浓艳，而不及牡丹的富丽堂皇，所以被抑在下的。据中国旧书的说法，牡丹共有九十种，各有一个诗意的特别名称。

　　兰花和牡丹的品格截然不同，是幽雅的象征，因为兰花是常生于幽谷的。文人称它具有"孤芳独赏"的美德，它从不取媚于人，也不愿移居城市之中，而即使移植了，灌溉看顾也须特别当心，否则立刻枯死。所以中国书中常称深闺的美女和隐居山僻不求名利的高人为"空谷幽兰"。兰花的香味是如此的文静，它不求取悦于人，但能领略的人就知道它的香味何等高洁啊！这使它成为不求斗于世的高人和真正友谊的象征。有一本古书上说："久居芝兰之室，则不闻其香。"就因为这人的鼻已充满了花香了。依李笠翁的说法，兰花不宜于遍置各处，而只宜限于一室，方能于进出之时欣赏其幽香。美国兰花形式较大，颜色较为富丽，但似乎没有这种文静的香味。我的家乡福建是中国有名的"建兰"之产地。建兰的花瓣较小，长只一寸，颜色淡绿，种在紫砂盆中，异常好看。最著名的一种名叫"郑孟良"，颜色和水差不多，浸在水中竟可花水不分。牡丹都以产地为名，而兰花都以从前种它的高人为名，如美国花草之以种者的名字为名一般，例如李司马、黄八哥之类。

　　无疑，兰花的难于种植和它的香味的异常文静，使它得到高贵的身价。各种花木中以兰花最为娇嫩，稍不经心，便会枯死。所以爱艺兰者都是亲手灌溉整理，不肯假手于仆役，我曾看见过爱护兰花者之专心护视不亚于人之爱护其父母。奇花异卉也如稀有的金石古玩一般，在占有上很易引起同好者的妒忌。例如向人索取枝芽而被拒绝者，每会变成极端的仇恨。中国某种笔记中，曾载某人向他的朋友索取一种奇花的枝芽，未能如愿，即下手偷窃，因此被控获罪。对于这种情形，沈复在他所著的《浮生六记》中有一段极好的描写：

> 花以兰为最，取其幽香韵致也，而瓣品之稍堪入谱者不可多得。兰坡临终时，赠余荷瓣素心春兰一盆，皆肩平心阔，茎细瓣净，可以入谱者。余珍如拱璧。值余幕游于外，芸能亲为灌溉，花叶颇茂。不二年，一旦忽萎死。起根视之，皆白如玉，且兰芽勃然。初不可解，以为无福消受，浩叹而已。事后始悉有人欲分不允，故用滚汤灌杀也。从此誓不植兰。

正如梅花是诗人林和靖的爱物，莲花是儒家周莲溪的爱物一般，菊花是诗人陶渊明的爱物。菊花开于深秋，所以也具冷香色之誉。菊花之冷色和牡丹的浓艳，极容易分辨。菊花的种类甚多，据我所知，宋代名士范成大是赐以各种美名的始创者。种类的繁多似乎是菊的特色，其花形和颜色的种类多到不胜数计。白和黄色的是花的正宗，紫和红色的为花的变体，所以品格即次。白色和黄色的菊花有银盏、银玲、金玲、玉盆、玉玲、玉绣球等美称，也有用古代美人的名字如杨贵妃和西施之类的。花的形式有时如时髦女人的鬈发，有时如少女头上一绺一绺的长发。花的香味也各有不同，以含有麝香味或龙脑香味者为最上。

湖莲自成一种，且据我看来，是花中之最美者。消夏而没有莲花，实不能称为美满。如若屋旁没有种荷的池子，则可以将它种在大缸中，不过这种方法缺少了一片连绵、花叶交映、露滴花开、芳香裹里的佳景（美国的水莲和中国的荷花不同）。宋代名士周莲溪著文解释他爱莲的理由，并说莲花是"出淤泥而不染"，所以可比之为贤人，这完全是儒家的口气。再从实用方面讲起来，这花从顶到根，没有一样是废物。莲根即藕，是绝佳的水果；荷叶可用以包食物；花可供人赏玩；子即莲子，尤其是食物中的仙品，可以新鲜时生吃，或晒干后煮了吃。

海棠花的式样和苹果花很有些相像，也是诗人所爱的花之一。这花虽盛产于杜甫的故乡四川，但他的诗中恰一字不曾提过。这件事很奇怪，猜测之说很多，其中以杜甫的母亲名海棠，所以他避讳一说最为近情。

我以为兰花之外，香味最佳者是桂花和水仙花。这水仙花盛产于我的故乡漳州，从前曾大批贩运至美国，但后来因美国国务院说这种过于芬芳的花或有滋生细菌的可能，因而突然禁止进口。水仙的茎和根部都洁净如翠玉，况且种在盆中只用水和石子而不用泥，极为清洁，在这情形之下，何以能滋生细菌？所以这种禁令，实令人莫测高深。杜鹃花虽极美丽，但人都称之为凄凉的花。因为据说从前一个人走遍天下去找寻他的被后母所逐出的哥哥，但终究未能寻到，死后化为杜鹃终日泣血，而这杜鹃花就是从杜鹃的血泪中所生出来的。

折花插瓶一事，其郑重也和品第花的本身差不多。这种艺术远在十一世纪中即已有普遍的发展，十九世纪的《浮生六记》的作者沈复在"闲情记趣"中曾论到插花的艺术，插花适当，可以使之美如图画。

惟每年篱东菊绽，秋兴成癖，喜摘插瓶，不爱盆玩。非盆玩不足观，以家无园圃，不能自植；货于市者，俱丛杂无致，故不取耳。其插花朵，数宜单，不宜双。每瓶取一种，不取二色。瓶口取阔大，不取窄小，阔大者舒展。不拘自五七花三四十花，必于瓶口中一丛怒起，以不散漫，不挤轧，不靠瓶口为妙；所谓"起把宜紧"也。或亭亭玉立，或飞舞横斜。花取参差，间以花蕊，以免飞钹耍盘之病。叶取不乱，梗取不强。用针宜藏，针长宁断之，毋令针针露梗；所谓"瓶口宜清"也。视桌之大小，一桌三瓶至七瓶而止，多则眉目不分，即同市井之菊屏矣。几之高低，自三四寸至二尺五六寸而止，必须参差高下，互相照应，以气势联络为止。若中高两低，后高前低，成排对列，又犯俗所为"锦灰堆"矣。或密或疏，或进或出，全在会心者得画意乃可。

若盆碗盘洗，用漂青松香榆皮面和油，先熬以稻灰，收成胶，以铜片按钉向上，将膏火化，粘铜片和盘盆碗洗中。俟冷，将花用铁丝扎把，插于钉上，宜偏斜取势，不可居中，更宜枝疏叶清，不可拥挤；然后加水，用碗沙小许掩铜片，使观者疑丛花生于碗底方妙。若以木本花果插瓶，剪裁之法（不能色色自觅，倩人举折者每不合意），必先执在手中，横斜以观其势，反侧取其态，相定之后，剪去杂枝，以疏瘦古怪为佳。再思其梗如何入瓶，或折或曲，斜入瓶口，方免背叶侧花之患，若一枝到手，先拘其梗之直者插瓶中，势必枝乱梗强，花侧叶背，既难取态，更无韵致矣。折梗打曲之法，锯其梗之半而嵌以砖石，则直者曲矣。如患梗倒，敲一两钉以菀之。即枫叶竹枝，乱草荆棘，均堪入选，或绿竹一竿，配以枸杞数粒；几茎细草，伴以荆棘两枝；苟位置得宜，另有世外之趣。

卷三

匠心独具

读书的艺术

　　读书是文明生活中人所共认的一种乐趣，极为无福享受此种乐趣的人所羡慕。我们如把一生爱读书的人和一生不知读书的人比较一下，便能了解这一点。凡是没有读书癖好的人，就时间和空间而言，简直是等于幽囚在周遭的环境里边。他的一生完全落于日常例行公事的圈禁中。他只有和少数几个朋友或熟人接触谈天的机会，他只能看见眼前的景物，他没有逃出这所牢狱的法子。但在他拿起一本书时，他已立刻走进了另一个世界。如若所拿的又是一部好书，他便已得到了一个和一位最善谈者接触的机会。这位善谈者引领他走进另外一个国界，或另外一个时代，或向他倾吐自己胸中的不平，或和他讨论一个他从来不知道的生活问题。一本古书使读者在心灵上和长眠已久的古人如相面对，当他读下去时，便会想象到这位古作家是怎样的形态和怎样的一种人，孟子和大史家司马迁都表示这个意见。一个人在每天二十四小时中，能有两小时的工夫撇开一切俗世烦扰而走到另一个世界去游览一番，这种幸福自然是被无形牢狱所拘囚的人们所极羡慕的。这种环境的变更，在心理的效果上，其实等于出门旅行。

但读书的益处还不只这一些。读者常会被携带到一个思考和熟虑的世界里边去。即使是一篇描写事实的文章，躬亲其事和从书中读到事情的经过，其间也有很大的不同。因为这种事实一经描写到书中便成为一幅景物，而读者便成为一个脱身是非真正的旁观者了。所以真正有益的读书，便是能引领我们进到这个沉思境界的读书，而不是单单去知道一些事实经过的读书。人们往往耗费许多时间去读新闻报纸，我以为这不能算是读书。因为一般的新闻报纸读者，他们的目的只是要得知一些毫无深层价值的事实经过罢了。

据我的意见，宋朝苏东坡的好友诗人黄山谷所说的话实在是一个读书目标的最佳共式。他说："三日不读书，便觉语言无味，面目可憎。"他的意思当然是人如读书即会有风韵，富风味。这就是读书的唯一目标。唯有抱着这个目标去读书，方可称为知道读书之术。一个人并不是为了要使心智进步而读书，因为读书之时如怀着这个念头，读书的一切乐趣便完全丧失了。犯这一类毛病的人必在自己的心中说，我必须读莎士比亚，我必须读索福克勒斯（Sophocles），我必须读艾略特博士（Dr. Eliot）的全部著作，以便可以成为一个有学问的人。我以为这个人永远不会成为有学问者。他必在某天的晚上出于勉强地去读莎士比亚的《哈姆雷特》(Hamlet)，放下书时，将好像是从一个噩梦中苏醒一般。其实呢，他除了可说一声已经读过这本书之外，并未得到什么益处。凡是以出于勉强的态度去读书的人，都是些不懂读书艺术的人。这类抱着求知目标而读书，其实等于一个参议员在发表意见之前的阅读旧案和报告书。这是在搜寻公事上的资料，而不得谓之读书。

因此，必须是意在为培植面目的可爱和语言的有味而读书，照着黄山谷的说法，方可算作真正的读书。这个所谓"面目可爱"，显然须做异于体美的解释。黄山谷所谓"面目可憎"者，并不是相貌的丑恶。所以世有可憎的美面，也有可爱的丑面。我的本国朋友中，有一位头尖如炸弹形一般，但这个人终是悦目的。西方的作家中，我从肖像中看来，相貌最可爱者当属切斯特顿，他的胡须、眼镜、丛眉、眉间的皱纹，团聚在一起是多么的怪异可爱啊！这个形容使人觉得他的前脑中充满着何等丰富的活泼思想，好像随时从他异常尖锐的双目中爆发出来。这就是黄山谷所谓"可爱的面目"，不是由花粉胭脂所妆成的面目，而是由思想力所华饰的面目。至于怎样可以"语言有味"，全在他的书是怎样的读法。一个读者如能从书中得到它的味道，他便会在谈吐中显露出来。他的谈吐如有味，则他的著作中也自然会富有滋味。

因此，我以为味道乃是读书的关键，而这个味道因此也必然是各有所嗜的，如人对于食物一般。最合卫生的吃食方法终是择其所嗜而吃，方能保证其必然消化。读书也和吃食相同。在我是美味的，也许在别人是毒药。一个教师决不能强迫他的学生去读他们所不爱好的读物；而做父母的，也不能强迫子女吃他们不喜欢吃的东西。一个读者如对于一种读物并无胃口，则他所浪费在读书的时间完全是虚耗的，正如袁中郎所说："若不惬意，就置之俟他人。"

所以世上并无一个人所必须读的书，因为我们的智力兴趣是如同树木一般地生长，如同河水一般地流向前去的，只要有汁液，树木必会生长；只要泉源不涸，河水必会长流；当流水碰到石壁时，它自会转弯；当它流到一片可爱的低谷时，它必会暂时停留一下子；当它流到一个深的山池时，它必会觉得满足而停在那里；当它流过急湍时，它必会迅速前行。如此，它无须用力，也无须预定目标，自能必然有一天流到海中。世上并没有人人必读的书，但有必须在某一时间，必须在某一地点，必须在某种环境之中，必须在某一时代方可以读的书。我颇以为读书也和婚姻相同，是由姻缘或命运所决定。世上即使有人人必读的书如《圣经》，但读它必应有一定的时期。当一个人的思想和经验尚没有达到可读一本名著的相当时期时，他即使勉强去读，也必觉得其味甚劣。孔子说，五十读《易》。他的意思就是说，四十五岁时还不能读。一个人没有到识力成熟的时候，绝不能领略《论语》中孔子话语中淡淡的滋味和他已成熟的智慧。

再者，一个人在不同的时候读同一部书，可以得到不同的滋味。例如我们在和一位作家谈过一次后或看见过他的面目后，再去读他的著作，必会觉到更多的领略。又如在和一位作家反目之后，再去读他的著作，也会得到另一种的滋味。一个人在四十岁时读《易经》所得的滋味，必和在五十岁人生阅历更丰富时读它所得的滋味不同。所以将一本书重读一遍，也是有益的并也可以从而得到新的乐趣。我在学校时教师命读 *Westward Ho*（《向西去啊》）和 *The History of Henry Esmond*（《亨利·艾斯芒德的历史》）两书，那时我已能领略 *Westward Ho* 的滋味，但对于 *The History of Henry Esmond* 觉得很是乏味，直到后来回想到的时候，方觉得它也是很有滋味的，不过当时未能为我领略罢了。

所以读书是一件涉及两方面的事情：一在作者，一在读者。作者固然对读者做了不少的贡献，但读者也能借着自己的悟性和经验，从书中悟会出同量的收获。宋代某大儒在提到《论语》时说，读《论语》的人很多很多，有些人读了之后，一无所得，有些人对其中某一两句略感兴趣，但有些人则会在读了之后，手舞足蹈起来。

我以为一个人能发现他所爱好的作家，实在是他的智力进展里边一件最重要的事情。世上原有所谓性情相近这件事，所以一个人必须从古今中外的作家去找寻和自己的性情相近的人。一个人唯有借着这个方法，才能从读书中获得益处。他必须不受拘束地去找寻自己的先生。一个人所最喜爱的作家是谁？这句问话，没有人能回答，即在本人也未必能答出来。这好似一见钟情，一个读者不能由旁人指点着去爱好这个或那个作家。但他一旦遇到所爱好的作家时，他的天性必会立刻使他知道的。这类忽然寻到所爱好的作家的例子甚多。世上常有古今异代相距千百年的学者，因思想和感觉的相同，竟会在书页上会面时完全融洽和谐，如面对着自己的肖像一般。在中国语文中，我们称这种精神的融洽为"灵魂的转世"。例如苏东坡乃是庄周或陶渊明转世，袁中郎乃是苏东坡转世之类。苏东坡曾说，当他初次读《庄子》时，觉得他幼时的思想和见地正和这书中所论者完全相同。当袁中郎于某夜偶然抽到一本诗集而发现一位同时代的不出名作家徐文长时，会不知不觉地从床上跳起来，叫起他的朋友，两人共读共叫，甚至童仆都被惊醒。乔治·艾略特（George Eliot）描摹他的第一次读卢梭，称之为"一次触电"。尼采于初读叔本华时也有同样的感觉。但叔本华是一位乖戾的先生，而尼采是一个暴躁的学生，无怪后来这学生就背叛他的先生了。

只有这种读书法，这种自己去找寻所喜爱的作家，方是对读者有益的。这犹如一个男人和一个女子一见钟情，一切必都美满。他会觉得她的身材高矮正合度，相貌恰到好处，头发的颜色正深浅合度，说话的声音恰高低合度，谈吐和思想也都一切合度。这青年不必经教师的教导，而自会去爱她。读书也是如此，他自会觉得某一个作家恰称自己的爱好。他会觉得这作家的笔法、心胸、见地、思态都是合式的，于是他对这作家的著作能字字领略，句句理会。并因为两人之间有一种精神上的融洽，所以一切都能融会贯通。他已中了那作家的魔术，他也愿意中这魔术。不久之后，他的音容笑貌也会变得和那作家的音容笑貌一模一样了。如此，他实已沉浸在深切爱好那作家之中，而能从这类书籍里边得到滋养他的灵魂的资料。不过数年之后，这魔法会渐渐退去，他对这个爱人会渐渐觉得有些厌倦。于是他会去找寻新的文字爱人，等到他有过三四个这类爱人，把他们的作品完全吞吸之后，他自己便也成为一位作家了。世上有许多读者从来不会和作家相爱，这正如世上有许多男女虽到处调情，但始终不会和某一个人发生切近的关系，他们能读一切的作品，结果终是毫无所得。

如此的读书艺术的概念，显然把以读书为一种责任或义务的概念压了下去。在中国，我们常听到勉人"苦读"的话头。从前有一个勤苦的读书人在夜里读书时，每以锥刺股，使他不致睡去。还有一个读书人在夜里读书时，命一个女婢在旁边以便在他睡去时惊醒他，这种读法太没意思了。一个人在读书的时候，正当那古代的聪明作家对他说话时而忽然睡去，他应当立刻上床去安睡。用锥刺股或用婢叫醒，无论做到什么程度，绝不能使他得到什么益处，这种人已完全丧失了读书快乐的感觉。凡是有所成就的读书人绝不懂什么叫作"勤研"或"苦读"，他们只知道爱好一本书，而不知其然地读下去。

这个问题解决之后，读书的时间和地点问题也同时得到了答案，即读书用不着相当的地点和时间。一个人想读书时，随时随地可读。一个人倘懂得读书的享受，不论在学校里边或学校外边都可以读，即在学校里边也不致妨碍他的兴趣。曾国藩在家书中答复他的弟弟想到京师读书以求深造时说：

> 苟能发奋自立，则家塾可读书；即旷野之地，热闹之场，亦可读书；负薪牧豕皆可读书。苟不能发奋自立，则家塾不宜读书；即清净之乡，神仙之境皆不能读书。

有些人在将要读书时常想起许多的借口。刚要开始读时，他会憎厌房里太冷，或椅子太硬，或亮光太烈，而说不能读，还有些作家每每憎厌蚊子太多或纸张太劣，或街上太闹，而说无从写作。宋代大儒欧阳修自承最佳的写作时候乃是"三上"，即枕上、马上和厕上。清代学者顾千里当夏天时，常"裸而读经"，即以此得名。反之，一个人如若不愿意读书，则一年四季之中也自有不能读书的理由：

> 春天不是读书天，夏日炎炎正好眠，秋去冬来真迅速，收拾书包过新年。

那么究竟怎样才算是真正的读书艺术呢？简单的答语就

是：随手拿过一本书，想读时，便读一下子。如想真正得到享受，读书必须出于完全自动。一个人尽可以拿一本《离骚》或一本欧玛尔·海亚姆（Omar Khayyam）的《鲁拜集》，一手挽着爱人，同到河边去读。如若那时天空中有美丽的云霞，他尽可以放下手中的书，抬头赏玩。也可以一面看，一面读，中间吸一斗烟，或喝一杯茶，更可以增添他的乐趣。或如在冬天的雪夜，一个人坐在火炉的旁边，炉上壶水轻沸，手边放着烟袋烟斗，他尽可以搬过十余本关于哲学、经济、诗文、传记的书籍堆在身边的椅子上，以闲适的态度，随手拿过一本来翻阅。如觉得合意时，便可读下去，否则便可换一本。金圣叹以为在雪夜里关紧了门读一本禁书乃是人生至乐之一。陈眉公描写读书之时说，古人都称书籍画幅为"柔翰"，所以最适宜的阅读方式就是须出于写意。这种心境使人养成随事忍耐的性情。所以他又说，真正善于读书的人，对于书中的错字绝不计较，正如善于旅行的人对于上山时一段崎岖不平的路径，或如出门观看雪景的人对于一座破桥，或如隐居乡间的人对于乡下的粗人，或如一心赏花的人对于味道不好的酒一般，都是不加计较的。

中国最伟大的女词人李清照的自传中，有一段极尽描写读书之乐之能事。她和她的丈夫在领到国子监的膏火银后，常跑到庙集去，在旧书和古玩摊上翻阅残书简篇和金石铭文，遇到爱好的，即买下来。归途之中，必再买些水果，回到家后一面切果，一面赏玩新买来的碑拓，或一面品茶，一面校对各版的异同。她在所著《金石录》后跋中，有一段自述说：

> 余性偶强记，每饭罢，坐归来堂，烹茶，指堆积书史，言某事在某书某卷，第几页，第几行，以中否角胜负，为饮茶先后。中即举杯大笑，至茶倾覆怀中，反不得饮而起。甘心老是乡矣！故虽处忧患困穷，而志不屈。收书既成……于是几案罗列，枕席枕籍意会心谋，目往神授，乐在声色犬马之上。

这一段自述文，是她在老年时丈夫已经故世后所写的。这时正当金人进扰中原，华北遍地烽烟，她也无日不在流离逃难之中。

写作的艺术

　　写作的艺术，其范围的广泛，远过于写作的技巧。实在说起来，凡是期望成为作家的初学者，都应该叫他们先把写作的技巧完全撇开，暂时不必顾及这些小节，专在心灵上用功夫，发展出一种真实的文学个性，去做他的写作基础。这个方法应该对他很有益处。基础已经打好，真实的文学个性已经培养成功时，笔法自然而然会产生，一切技巧也自然而然地跟着纯熟。只要他的立意精辟，文法上略有不妥之处也是不妨的，这种小小的错误，自有那出版者的编校员会替他改正的。反之，一个初学者如若忽略了文学个性的培植，则无论他怎样去研究文法和文章，也是不能使他成为作家的。布封（Buffon）说得好："笔法即作者。"笔法并不是一个方式，也不是一个写作方法中的制度或饰件，它其实不过是读者对于作者的心胸特性，深刻或浅泛的、有见识或无见识的各种特质，如：机智、幽默、讥嘲、体会、柔婉、敏锐、了解力、仁慈的乖戾或乖戾的仁慈、冷酷、实际的常识和对于一切物事的一般态度所得的一种印象罢了。可知世上决不能有教人学会"幽默技巧"的袖珍指南，或"乖戾的仁慈三小时速通法"，或"常识速成十五法"，或"感觉敏锐速成十一法"。

我们须超过写作艺术的表面而更进一步。我们在做到这一步时，便会觉得写作艺术这个问题其实包括整个文学思想、见地、情感和读写的问题。当我在中国做恢复性灵和提倡更活泼简易的散文体的文学运动时，不得不写下许多篇文章，发展我对一般的文学的见地，尤其是对于写作的见地。我可以试写出一组关于文学的警语，而以"雪茄烟灰"为题。

甲　技巧和个性

做文法教师的论文学，实等于木匠谈论美术。评论家专从写作技巧上分析文章，这其实等于一个工程师用测量仪丈量泰山的高度和结构。

世上无所谓写作的技巧。我心目中所认为有价值的中国作家，也都是这般说法。

写作技巧之于文学，正如教条之于教派——都是属于性情琐屑者的顾及小节。

初学者往往被技巧之论所眩惑——小说的技巧、剧本的技巧、音乐的技巧、演剧的技巧。他不知道写作的技巧和作家的家世并没有关系，演剧的技巧和名艺人的家世并没有关系。他简直不知道世上有所谓个性，这个性其实就是一切艺术上和文学上的成就的基础。

乙　文学的欣赏

当一个人读了许多本名著，而觉得其中某作家叙事灵活生动，某作家细腻有致，某作家文意畅达，某作家笔致楚楚动人，某作家味如醇酒佳酿时，他应坦白地承认爱好他们、欣赏他们，只要他的欣赏是出乎本心的。读过这许多的作品后，他便有了一个相当的经验基础，即能辨识何者是温文，何者是醇熟，何者是力量，何者是雄壮，何者是光彩，何者是辛辣，何者是细腻，何者是风韵。在他尝过这许多种滋味之后，他不必借指南的帮助，也能知道何者是优美的文学了。

一个念文学的学生第一件事情就是：学习辨别各种不同的滋味。其中最优美的是温文和醇熟，但也是最难于学到的。温文和平淡，其间相差极微。

一个写作者，如若思想浅薄，缺乏创造性，则大概将从简单的文体入手，终至于奄无生气。只有新鲜的鱼可以清炖，如若已宿，便须加酱油、胡椒和芥末——越多越好。

优美的作家正如杨贵妃的姐姐一般，可以不假脂粉，素面朝天。宫中别的美人便少不了这两件东西，这就是英文作家中极少敢于用简单文体的理由。

丙　文体和思想

作品的优劣，全看它的风韵和滋味如何，是否有风韵和滋味。所谓风韵并无规则可言，发自一篇作品，正如烟气发自烟斗，云气发自山头，并不自知它的去向。最优美的文体就是如苏东坡的文体一般近于"行云流水"。

文体是文字、思想和个性的混合物，但有许多文体是完全单靠着文字而成的。

清澈的思想用不明朗的文字表现者，事实上很少。不清澈的思想而表现极明白者倒很多。如此的文体，实可称为明白的不明朗。

用不明朗的文字表现清澈的思想，乃是终身不娶者的文体。因为他永远无须向他的妻子做任何解释，如：伊曼纽尔·康德（Immanuel Kant）之类。萨缪尔·巴特勒（Samuel

Butler，英国作家，译有《荷马史诗》）有时也是这样的古怪。

一个人的文体常被他的"文学爱人"藻饰。他在思想上和表现方式上，每每会渐渐地近似这位爱人。初学者只有借这个方法，才能培植出他的文体。等到阅世较深之后，他自会从中发现自己，而创成自己的文体。

一个人如若对某作家向来是憎恶的，则阅读这作家的作品必不能得到丝毫的助益。我颇希望学校中的教师能记住这句话。

一个人的品性，一部分是天生的，他的文体也是如此。还有一部分则完全是由感染而来的。

一个人如没有自己所喜爱的作家，即等于一个飘荡的灵魂。他始终是一个不成胎的卵子，不结子的雄蕊。所喜爱的作家或文学爱人，就是他的灵魂的花粉。

世上有合于各色各种脾胃的作家，但一个人必须花些功夫，方能寻到。

一本书犹如一个人的生活，或一个城市的画像。有许多读者只看到纽约或巴黎的画像，而并没有看见纽约或巴黎的本身。聪明的读者则既读书，也亲阅生活的本身。宇宙即是一本大书，生活即是一所大的学校。一个善读者必拿那作家从里面翻到外面，如叫花子将他的衣服翻转来捉虱子一般。

　　有些作家能如叫花子的积满了虱子的衣服一般，很有趣地不断地挑拨他们的读者。痒也是世间一件趣事。

　　初学者最好应从读表示反对意见的作品入手。如此，他绝不致误为骗子所欺蒙。读过表示反对意见的作品后，他即已有了准备，而可以去读表示正面意见的作品，富于评断力的心胸即是如此发展出来的。

　　作家都有他所爱用的字眼，每一个字都有它的生命史和个性。这生命史和个性是普通的字典所不载的，除非是如《袖珍牛津字典》一类的字典。好的字典和《袖珍牛津字典》，都是颇堪一读的。

　　世上有两个文字矿：一是老矿，一是新矿。老矿在书中，新矿在普通人的语言中。次等的艺术家都从老矿去掘取材料，唯有高等的艺术家会从新矿中去掘取材料。老矿的产物都已经过溶解，但新矿的产物不然。

　　王充（27—约97）将"专家"和"学者"加以区别，也将"著作家"和"思想家"加以区别。我以为当一个专家的学识宽博后，他即成为学者，一个著作家的智慧深切后，他即成为思想家。

　　学者在写作中，大都借材于别的学者。他所引用的旧典成语越多，越像一位学者。一个思想家于写作时，则都借材于自己肚中的概念。越是一个伟大的思想家，越会依赖自己的肚腹。

一个学者像一只吐出所吃的食物以饲小鸟的老鹰，一个思想家则像一条蚕，所吐的不是桑叶而是丝。

一个人的观念在写作之前，都有一个"怀孕"时期，也像胚胎在母腹中必有一个怀孕时期一般。当一个人所喜爱的作家已在他的心灵中将火星燃着，开始发动了一个活的观念流泉时，这就是所谓"怀孕"。当一个人在他的观念还没有经过怀孕的时期，即急于将它写出付印时，这就是错认肚腹泻泄时的疼痛为怀孕足月时的阵痛。当一个人出卖他的良心而做违心之论时，这就是堕胎，那胚胎落地即死。当一个作者觉得他的头脑中有如电阵一般的搅扰，觉得非将他的观念发泄出来不能安逸，乃将它们写在纸上而觉如释重负时，这就是文学的产生。因此，一个作家对于他的文学作品，自会有一种如母亲对于子女一般的慈爱感情，因此，自己的作品必是较好的，犹如一个女子在为人之妻后必是更可爱的。

作家的笔正好如鞋匠的锥，越用越锐利，到后来竟可以尖如缝衣之针，但他观念的范围必日渐广博，犹如一个人的登山观景，爬得越高，所望见者越远。

一个作家因为憎恶一个人，而拟握笔写一篇极力攻击他的文章，但一方面并没有看到那个人的好处时，这个作家便没有写作这篇攻击文章的资格。

丁　自我发挥派

十六世纪末叶，袁氏三弟兄所创的"性灵派"或称"公安派"（袁氏三弟兄为公安县人），即是自我发挥的学派。"性"即个人的"性情"，"灵"即个人的"心灵"。

写作不过是发挥一己的性情，或表演一己的心灵。所谓"神通"，就是这心灵的流动，实际上确是由于血液内荷尔蒙的泛滥所致。

我们在读一本古书或阅一幅古画时，其实不过是在观看那作家的心灵的流动。有时这心力之流如若干涸，或精神如若颓唐时，即是最高手的书画家也会缺乏精神和活泼的。

这"神通"是在早晨，当一个人于好梦沉酣中自然醒觉时来到。此后，他喝过一杯早茶，阅读一张报纸，而没有看到什么烦心的消息，慢慢走到书室里边，坐在一张明窗前的写字台边，窗外风日晴和，在这种时候，他必能写出优美的文章、优美的诗、优美的书札，必能作出优美的画，并题优美的款字在上面。

这所谓"自我"或"个性"，乃是一束肢体肌肉、神经、理智、情感、学养、悟力、经验偏见所组成。它一部分是天成的，而一部分是养成的；一部分是生而就有的，而一部分是培植出来的。一个人的性情是在出世之时，或甚至在出世之前即已成为固定的。有些是天生硬心肠和卑鄙的；有些是天生坦白磊落、尚侠慷慨的；也有些是天生柔弱胆怯、多愁多虑的。这些都深隐于骨髓之中，因此，即使是最良好的教师和最聪明的父母，也没有法子变更一个人的个性。另有许多品质，则是出世之后由教育和经验而得到的。但因为一个人的思想观念和印象乃是在不同的生活时代，从种种不一的源泉和各种不同的影响潮流中所得到，因此他的观念、偏见和见地有时会极端自相矛盾。一个人爱狗而恶猫，但也有人爱猫而恶狗。所以人类个性形式的研究，乃是一切科学中最为复杂的科学。

"自我发挥派"叫我们在写作中只可表达我们自己的思想和感觉，出乎本意的爱好，出乎本意的憎恶，出乎本意的恐惧，和出乎本意的癖嗜，在表现这些时，不可隐恶而扬善，不可畏惧外界的嘲笑，也不可畏惧有悖于古圣或时贤。

"自我发挥派"的作家对一篇文章专喜爱其中个性最流露的一节，专喜爱一节中个性最流露的一句，专喜爱一句中个性最流露的一个语词。他在描写或叙述一幅景物、一个情感或一件事实时，只就自己所目击的景物，自己所感觉的情感，自己所了解的事实而加以描写或叙述。凡符合这条定例者，都是真文学，不符合者，即不是真文学。

《红楼梦》中的女子林黛玉，即是一个"自我发挥派"。她曾说："若是果有了奇句，连平仄虚实不对，都使得的。"

"自我发挥派"因为专喜爱发乎本心的感觉，所以自然蔑视文体上的藻饰，因此这派人士在写作中专重天真和温文，他们尊奉孟子"言以达志"的说法。

文学的美处，不过是达意罢了。

这一派的弊病，在于学者不慎即会流于平淡（袁中郎），或流于怪僻（金圣叹），或过于离经叛道（李卓吾）。因此后来的儒家都非常憎恶这个学派。但以事实而论，中国的思想和文学实全靠他们这班自出心裁的作家出力，方不至于完全灭绝。在以后的数十年中，他们必会得到其应有的地位的。

中国正统派文学的目标在于表现古圣的心胸，而不是表现作者自己的心胸，所以完全是死的。"性灵派"文学的目标是在于表现作者自己的心胸，而不是古圣的心胸，所以是活的。

这派学者都有一种自尊心和独立心，这使他们不至于逾越本分而发危言耸人的听闻。如若孔孟的说话偶然和他们的见地相合，良心上可以赞同，他们不会矫情而持异说。但是，如若良心上不能赞同时，他们便不肯将孔孟随便放过去。他们是不为金钱所动、不为威武所屈的。

发乎本心的文学，不过是对于宇宙和人生的一种好奇心。凡是目力明确，不为外物所惑的人，都能时常保持这个好奇心。所以他不必歪曲事实以求景物能视若新奇。别人觉得这派学者的观念和见地十分新奇，即因他们都是看惯了矫揉造作的景物的缘故。

凡是有弱点的作家，必会亲近性灵派。这派中的作家都反对模仿古人或今人的，反对一切文学技巧的定例，袁氏弟兄相信让手和口自然做去，自能得合式的结果。李笠翁相信文章之要在于韵趣。袁子才相信做文章无所谓技巧。北宋作家黄山谷相信文章的章句都是偶然而得的，正如木中被虫所蚀的洞一般。

戊　家常的文体

用家常文体的作家是以真诚的态度说话。他把他的弱点完全显露出来，所以他是从无防人之心的。

作家和读者之间的关系，不应像师生的关系，而应像厮熟朋友的关系，只有如此，方能渐渐生出热情。

凡在写作中不敢用"我"字的人，决不能成为一个好作家。

我喜爱说谎者更胜于喜爱说实话者。我喜爱不谨慎的说谎者更胜于喜爱谨慎的说谎者。他的不谨慎，表示他的深爱读者。

我深信一个不谨慎的蠢人，而不敢相信一个律师。这不谨慎的蠢人是一个国家中最好的外交家，他能得到人民的信仰。

我心目中所认为最好的杂志是一个半月刊，但不必真正出书，只需每两星期一次，召集许多人，群聚在一间小室之中，让他们去随意谈天，每次以两小时为度，读者即是旁听的人。这就等于一次绝好的夜谈。完毕之后，读者即可去睡觉，则他在明天早晨起身去办公时，不论他是一个银行职员，或一个会计，或一个学校教师到校去张贴布告，他必会觉得隔夜的滋味还留在齿颊之间。

各地方的菜馆大小不一，有些是高厅大厦，金碧辉煌，可设盛宴；有些是专供小饮。我所最喜欢的是同着两三个知己朋友到这种小馆子里去小饮，而极不愿意赴要人或富翁的盛宴。我们在这小馆子里边又吃又喝，随便谈天，互相嘲谑，甚至杯翻酒泼，这种快乐是盛宴上的座客所享不到的，也是梦想不到的。

世界上有富翁的花园和大厦，但山中也有不少的小筑。这种小筑有些虽也布置得很精雅，但它的氛围终和红色大门、绿色窗户、仆婢排立的富家大厦截然不同。当一个人走进这种小筑时，他没听见忠狗的吠声，他没看见足恭谄笑的侍者和阍人讨厌的面孔。在离开那里，走出大门的时候，他没看见门外矗立两旁的一对"不洁的石狮子"。十七世纪某中国作家有一段绝好这种境地的描写，这好似周、程、张、朱正在伏羲殿内互相揖让。就座之时，苏东坡和东方朔忽然赤足半裸地也走了进来，拍着手互相嘲笑作乐。旁观的人或许愕然惊怪，但这些高士不过互相目视，做会心的微笑罢了。

己 什么是美

所谓文学的美和一切物事的美，大都有赖于变换和动作，并且以生活为基础。凡是活的东西都有变换和活动，而凡是有变换和活动的东西自然也有美。当我们看到山岩深谷和溪流具着远胜于运河的奇峭之美，而并不是经由建筑家用计算方法所造成时，试问我们对于文学和写作怎样可以定出规例来？星辰是天之文，名山大河是地之文；风吹云变，我们就得到一个锦缎的花纹图案；霜降叶落，我们就得到了秋天之色。那些星辰在穹苍中循着它们的轨道而运行时，何曾想到地球上会有人在那里欣赏它们？然而我们终在无意之间发现了天狗星和牛郎星。地球的外壳在收缩引张之际推起了高高的山，陷下了深深的海，其实地球又何曾出于有意地创造出那五座名岳，为我们崇拜的目的？然而太华和昆仑终已矗立于地面，高下起伏，绵延千里，玉女和仙童立在危岩之上，显然是供我们欣赏的。这些就是大艺术造化家自由随意的挥洒。当天上的云行过山头而遇到强劲的山风时，它何曾想到有意露出裙边巾角以供我们赏玩？然而它们自然会整理，有时如鱼鳞，有时如锦缎，有时如赛跑的狗，如怒吼的狮子，如纵跳的凤凰，如踽跃的麒麟，都像是文学的杰作。当秋天的树木受到风霜雨露的摧残，正致力于减少它们的呼吸以保全它们的本力时，它们还会有这空闲去拍粉涂脂，以供古道行人的欣赏吗？然而它们终是那么的冷洁幽寂，远胜于王维、米芾的书画。

所以凡是宇宙中活的东西都有着文学的美。枯藤的美胜于王羲之的字，悬崖的庄严胜于张猛龙的碑铭。所以我们知道"文"或文学的美是天成的。凡是尽其天性的,都有"文"或美的轮廓为其外饰,所以"文"或轮廓形式的美是内生的,而不是外来的。马的蹄是为适于奔跑而造,老虎的爪是为适于扑攫而造,鹤的腿是为适于涉水塘而造,熊的掌则是为适于在冰上爬行而造,这马、虎、鹤、熊,自己又何曾想到它们的形式的美呢?它们所做的事情无非是为生活而运用其效能,并取着最宜于它行动的姿势。但是从我们的观点说起来,则看到马蹄、虎爪、鹤腿、熊掌,都有一种惊人的美,或是雄壮有力的美,或是细巧有劲的美,或是骨骼清奇的美,或是关节粗拙的美。此外则象爪如"隶书",狮鬃如"飞白",争斗时的蛇屈曲扭绕如"草书",飞龙如"篆书",牛腿如"八分",鹿如"小楷"。它们的美都生自姿势和活动,它们的体形都是身体效能的结果。这也就是写作之美的秘诀。"式"之所需,不能强加阻抑;"式"所不需,便当立刻停止。因此,一篇文学名作正如大自然本身的一个伸展,在无式之中成就佳式。美格和美点能自然而生,因为所谓的"式",乃是动作的美,而不是定形的美。凡是活动的东西都有一个"式",所以也就有美、力和文,或形式和轮廓的美。

散文

　　中国的古典文学中，优美之散文很少，这一个批评或许显得不甚公平而需要相当之说明。不差，确有许多声调铿锵的文章，作风高尚而具美艺的价值，也有不少散文诗式的散文，由他们的用字的声调看来，显然是可歌的。实实在在，正常的诵读文章的方法，不论在学校或在家庭，确是在歌唱它们。这种诵读文章的方法，在英文中找不到一个适当的字眼来形容它。这里所谓唱，乃系逐行高声朗读，用一种有规律、夸张的发声，不是依照每个字的特殊发音，却是依照通篇融和调子所估量的音节徐疾度，有些相像于基督教会主教之宣读训词，不过远较为拉长而已。

　　此种散文诗式的散文风格至五六世纪骈俪文而大坏，此骈俪文的格调，直自赋衍化而来，大体用于朝廷的颂赞，其不自然仿佛宫体诗，拙劣无殊俄罗斯舞曲。骈俪文以四字句六字句骈偶而交织，故称为四六文，亦称骈体。此种骈体文的写作，只有用矫揉造作的字句，完全与当时现实的生活相脱离。无论是骈俪文、散文诗式的散文、赋，都不是优良的散文。它们的被称为优良，只有当用不正确的文学标准评判的时候。所谓优良的散文，著者的意见乃系指一种散文具有甜畅的围炉闲话的风致，像大小说家笛福、斯威夫特或鲍斯威尔的笔墨然者。那很明白，这样的散文，必须用现行的活的语言，才能写得出来，而不是矫揉造作的语言所能胜任。特殊优美的散文可从用白话写的非古典文字的小说中见之。但吾人现在先讲古典文辞。

使用文言，虽以其特殊劲健之风格，不能写成优美的散文。第一，好散文一定要能够烘托现实生活的日常的事实，这一种工作，旧体的文言文是不配的。第二，好散文必须要具有容纳充分发挥才能的篇幅与轮廓，而古典文学的传统倾向于文字的绝端简约，它专信仰简练专注的笔法。好散文不应该太文雅，而古典派的散文之唯一目的，却在乎文雅。好散文的进展必须用天然的大脚步跨过去，而古典派散文的行动扭扭捏捏有似缠足的女人，每一步的姿态都是造作的。好散文殆将需用一万至三万字以充分描写一个主要人物，例如利顿·斯特雷奇或加马列尔·布雷德福（Gamaliel Bradford）的描写笔墨。而中国的传记文常徘徊于两百字至五百字的篇幅。好散文必不能有太平衡的结构，而骈体文却是显明的过分平衡的。

总之，好散文一定要条畅通晓而娓娓动人，并有些拟人的。而中国的文学艺术包藏于含蓄的手法，掩盖作者的真情而剥夺文章的灵性。吾人大概将巴望着侯朝宗细细腻腻地把他的情人李香君描写一下，能给我们一篇至少长五千字的传记。谁知他的《李香君传》恰恰只有三百五十字，好像他在替隔壁人家的老太太写了一篇褒扬懿德的哀启。缘于此种传统，欲研究过去人物的生活资料将永远摸索于三四百字的描写之内，呈现一些极简括素朴的事实大概。

实在的情形是文言文乃完全不适用于细论与传记的，这就是为什么写小说者必须乞灵于土语方言的理由。《左传》为公元前五世纪的作品，仍为记述战争文字的权威。司马迁（约前145或前135—？）为中国散文第一大师，他的著作与当时的白话保持着密切接近的关系，甚至胆敢编入被后世讥为粗俗的字句，然他的笔墨仍能保留雄视千古的豪伟气魄，实非后代任何古典派文言文作者所能企及。王充（27—约97）写的散文也很好，因为他能够想到什么写什么，而且反对装饰过甚的文体。可是从此以后，好散文几成绝响。文言文所注重的简洁精练的风格，可拿陶渊明（365或372或376—

427）的《五柳先生传》来做代表，这一篇文字，后人信为他自己的写照，通篇文字恰恰只一百二十五个字，常被一般文人视为文学模范。

　　先生不知何许人也，亦不详其姓字。宅边有五柳树，因以为号焉。闲静少言，不慕荣利；好读书，不求甚解；每有会意，便欣然忘食。性嗜酒，家贫不能常得。亲旧知其如此，或置酒而招之，造饮辄尽，期在必醉。既醉而退，曾不吝情去留。环堵萧然，不蔽风日；短褐穿结，箪瓢屡空，晏如也。常著文章自娱，颇示己志。忘怀得失，以此自终。

　　这是一篇雅洁的散文，但是照我们的定义，它不是一篇好散文。同时，是一个独一无二的证据，它的语言是死的。假定人们被迫只有读读如此体裁的文字，它的表白如此含糊，事实如此浅薄，叙述如此乏味——其对于吾人智力的内容，将生何等影响呢？

　　这使人想到中国散文的智力内容之更重要的考虑。当你翻开任何文人的文集，使你起一种迷失于杂乱短文的荒漠茫然不知所措的感觉，它包括论述、记事、传记、序跋、碑铭和一些最驳杂的简短笔记，有历史的，有文学的，也有神怪的，而这些文集，充满了中国图书馆与书坊的桁架，真是汗牛充栋。这些文集的显著特性为每个集子都包含十分之五的诗，是以每个文人都兼为诗人。所宜知者，有几位作家另有长篇专著，故所谓文集，自始即具有什锦的性能。从另一方面考虑，此等短论、记事，包含着许多作家的文学精粹，它们被当作中国文学的代表作品。中国学童学习文言作文时，须选读许多此等论说记事，作为文学范本。

做进一步的考虑，这些文集是代表文学倾向极盛的民族之各代学者的巨量文字作品的主要部分，则使人觉得灰心而失望。吾们或许用了太现代化的定则去批判它们，这定则根本与它们陌生的。它们也存含有人类的素质、欢乐与悲愁；在此等作品的背景中，也常有人物，他的个人生活与社会环境为吾人所欲知者。但既生存于现代，吾人不得不用现代之定则以批判之。当吾人读归有光之《先慈行状》，盖为当时第一流作家的作品，作者又为当时文学运动的领袖，吾人不由想起这是一生勤勉学问的最高产物；而吾人但发现他不过是纯粹工匠式的模古语言，表现于这样的内容之上，其内容则为特性的缺乏事实的空虚，与情感之浅薄。吾人之感失望，谁曰不宜。

中国古典文学中也有好的散文，但是你得用新的估量标准去搜寻它。或为思想与情感的自由活跃，或为体裁、风格之自由豪放，你要寻这样作品，得求之于一般略为非正统派的作者，带一些左道旁门的色彩的。他们既富有充实的才力，势不能不有轻视体裁骸壳的天然倾向。这样的作者，随意举几个为例，即苏东坡、袁中郎、袁枚、李笠翁、龚自珍，他们都是知识的革命者，而他们的作品，往往受当时朝廷的苛评，或被禁止，或受贬斥。他们有具个性的作风和思想，为正统派学者视为过激思想而危及道德的。

小说

中国小说家常有一种特殊心理，他们自以为小说之写作，有谬于儒教，卑不足道，且惧为时贤所斥，每隐其名而不宣。举一比较晚近的例子，像十八世纪夏二铭写的《野叟曝言》。他写得一手有高论卓识的好古文和美丽的诗词，也有不少游记传记，其笔墨固无异于一般正统派文学家传统的典型，现均收集于《夏懋修全集》。但是他又写了《野叟曝言》，可是《野叟曝言》不具撰著人姓名。他的为《野叟曝言》的撰著人是明确的，可从他自己的诗文集里头的文字来证明。然而直到一八九〇年秋，他的孝思的曾孙替他重印《夏懋修全集》，俾传夏君之名于不朽，无论这位曾孙是不敢还是不愿意，总之他没有把这部小说收入集子里头，其实这部小说倒是夏君的不容争辩的最佳文学作品。又似《红楼梦》，直到了一九一七年，始由胡适博士的考证，确定其著作人为曹雪芹，他无疑是中国最伟大的散文作家之一，也可以说是空前绝后的唯一散文大师（就白话文而言）。吾人至今还不甚明了《金瓶梅》的著者究为谁何。吾们又至今未能决定施耐庵、罗贯中二人之间，究属谁是《水浒传》的真正作者。

《红楼梦》的开场和结尾便是此种对待小说态度的特征。你且看他怎样说法：

> 却说女娲氏炼石补天之时，于大荒山无稽崖炼成高十二丈宽二十四丈的顽石三万六千五百零一块，那娲皇只用了三万六千五百块，单单剩下一块未用，弃在青埂峰下。此石后经一僧一道携向红尘走了一遭，又经过了不知几世几劫，因有个空空道人访道求仙，从这大荒山无稽崖青埂峰下经过，忽见一块大石，上面字迹分明，编述历历；上面叙着堕落之乡，投胎之处，以及家庭琐事，闺阁闲情。空空道人看了一回，晓得这石头有些来历，从头到尾，抄写回来，问世传奇。后因曹雪芹于悼红轩中披阅十载，增删五次，纂成目录，分出章回，并题一绝，即此便是《石头记》的缘起。诗云：
>
> > 满纸荒唐言，一把辛酸泪。
> >
> > 都云作者痴，谁解其中味。

这故事的结束，正当此深刻的人间活剧演到最悲惨紧张的一刻，那时主角贾宝玉削发出家，他那多情善感的灵性已回复了女娲氏所炼的顽石的原形，那个先前的空空道人又从青埂峰下经过，他瞧见那补天未用之石仍在那里，上面字迹，于后面偈文后，又历叙了多少收缘结果的话头，因再抄录一番，袖了转辗寻到悼红轩来，递示给曹雪芹先生。曹雪芹笑道："既是假语村言，但无悖谬矛盾之处，乐得与二三同志，酒余饭饱，雨夕灯窗之下，同消寂寞，又不必大人先生品题传世。似你这样寻根究底，便是刻舟求剑，胶柱鼓瑟了。"那空空道人听了，仰天大笑，掷下抄本，飘然而去。一面走着，口中说道："果然是敷衍荒唐，不但作者不知，抄者不知，并阅者亦不知。不过游戏笔墨，陶情适性而已。"又据说后人见了这本传奇，亦曾题过四句诗，为作者缘起之言：

说到辛酸处，荒唐愈可悲。

由来同一梦，休笑世人痴。

这虽是些荒唐无稽之谈，却是说来很悲郁，很动人，倒也十分佳妙。因为这些文章是随兴之所至，为了自寻快乐而倾泻出来。他的创作，完全出于真诚的创作动机，不是为了爱金钱与名誉。又因为它是正统文学界中驱逐出来的劣子，反因而逃避了一切古典派传统的陈腐势力。小说的著作人非但绝不能获得金钱与名誉的报酬，且有因著作小说而危及生命安全的。

江阴乃《水浒传》作者施耐庵的故乡，至今仍流传一种传说，述及施耐庵逃脱生命危险的故事。据说施耐庵真不愧为一位具有先见之明的智士。原来他当初不欲服仕于新建的明朝，写了这部小说，度着隐居的生活。有一天，明太祖跟刘伯温游幸江阴，刘伯温为施耐庵的同学，那时因为赞襄皇业有功，朝廷倚为柱石。施耐庵所著的那部《水浒传》的稿本，放在桌子上，这一次恰给刘伯温瞧见，他马上认识施耐庵的天赋奇才，不由因慕生妒，起了谋害之意。当是时，朝廷新建，大局未臻稳定，对于人民思想多所顾忌。乃施耐庵的说部其内容处处鼓吹"四海之内，皆兄弟也"的平民思想，连强盗也包括在内，未免含有危险因素。刘伯温根据这个理由，有一次乃上奏圣天子请旨宣召施耐庵入京受鞫讯。及圣旨抵达，施耐庵发现《水浒传》稿本被窃，私计此番入京，凶多吉少，因向友人处张罗得白银五百两，用以贿赂舟子，叫他尽量延缓航程。因得在赴南京途中赶快写完了一部幻想的神怪的小说《封神榜》，叫皇帝读了相信他患了神经病，在此假疯癫遮掩之下，他得以保全了性命。

自是以后，小说在不公开的环境下滋长发育起来，有如野草闲花对踽踽独行的游客作斜睨，无非尽力以期取悦而已，像野草闲花之生长于硗瘠不毛之地，小说之滋兴，全无培育奖掖之优容环境。它的出世，非有所望于报酬，纯粹出于内在的创作动机。有时这种野生植物隔个二十多年才开放一次鲜葩，可是这难得开放的鲜葩不开则已，开放出来的花朵真是说不尽地绮丽光辉！这样的鲜花不是轻易取得生存的，它洒过生命的血始得鲜艳地盛放一回，卒又萎谢而消逝。这就可以比喻一切优美的小说和一切优美小说的本源。塞万提斯（Cervantes）这样写法，薄伽丘（Boccaccio）也是这样写法，他们纯粹出于创作的兴趣，金钱毫无关涉于其间。即在现时代有了版税版权的保障，金钱仍为非预期的目的。无论多少金钱决不能使无创作天才的人写出好的作品来，安逸的生活可以使创作天才者从事写作为可能，但安逸生活从不直接生产什么。金钱可以把狄更斯（Charles Dickens）送上美洲的旅途，但不能产生《块肉余生录》(*David Copperfield*,《大卫·科波菲尔》)。吾们的大作家，像笛福，像菲尔丁（Fielding），像曹雪芹、施耐庵，他们的所以写作，因为他们心上有一桩故事，非将它发表不可，而他们是天生的讲故事者。天好像有意把曹雪芹处于荒淫奢华的家庭环境中，卒因浪费无度，资产荡析，然后一旦黯悟，看穿了人生的一切空虚，及其晚年，已成穷儒，度其余生于朽败之第舍中，不时追忆过去之陈迹，宛若幻梦初醒，此梦境乃时而活现于幻想中，常使他觉得心头有一桩心事，以一吐为快，于是笔之于书，吾们便称之为文学。

依著者之评价，《红楼梦》诚不愧为世界伟大作品之一。它的人物描写，它的深切而丰富的人情，它的完美的体裁与故事，足使之当此推崇而无愧色。它的人物是生动的，比之吾们自己的生存的朋友还要来得跟吾们接近熟悉而恳挚，而每一个人物，只消吾们听了他的说话的腔调，吾们也很能熟识他是谁。总之她给了吾们一桩值得称为伟大的故事。

瑶台琼馆，一座瑰丽谲皇的大观园，富贵荣华，一个世代簪缨的大宦族，那儿姊妹四人和一个哥儿，又来了几个姿容美艳的表姊妹，彼此年岁相若，一块儿耳鬓厮磨地长大起来，过着揄揶戏谑的快乐生活；几十个绝顶聪明而怪迷人的婢女，有的性情温文而阴密，有的脾气躁急而直爽，也有几个跟主子发生了恋爱；也有几个不忠实的佣仆老婆闹了一些吃醋丑闻的穿插。一位老太爷常年在外服官，居家日少，一切家常琐务，委于二三媳妇之手，倒也处理得井井有条，那个最能干、最聪明、最饶舌、最泼辣、最可爱的媳妇，便是凤姐儿，却是个根本不识字的娘儿。主角贾宝玉，是一个正当春情发动期的哥儿，有着伶俐聪明的性情，端的爱厮混在脂粉堆里，照书上的说法，他是给仙界遣送下凡来历劫，叫他参透情缘便是魔障的幻境。宝玉的生活，跟中国许多大家族中的独嗣子一样，受着过分的保护，尤其是他的老祖母的溺爱，那位祖母老太太是家族至高的权威者。但宝玉也有一个见了怕的人，便是他的父亲，宝玉一见了父亲便吓得不敢动弹。大观园中的姊妹们，个个喜欢宝玉，而宝玉的饮食起居，都是让几个婢女来照顾着，她们服侍他洗浴，以至通夜守护着他的睡觉。他钟情林黛玉，黛玉是一个没了父母而寄居于贾家的小姑娘，却是宝玉的表姊妹。她是一个多愁善病的姑娘，她患着消化不良症，喝着燕窝汤过日子，可是她的美丽和诗才都胜过她的姊妹们，她的爱宝玉完全出于纯洁的真挚的处女的心。宝玉的另一个表姊妹是薛宝钗，她也爱着宝玉，不过她的热情是含蓄而不露的，她的性情则比较切实，从老辈看来，她比之黛玉是较为适宜的妻子。最后乃由几位老太太做主，瞒过了宝玉和黛玉，定下了娶宝钗的亲事。黛玉直等到宝玉和宝钗即将成婚的时候，才得到这个消息，这使她歇斯底里地狂笑了一阵子，一缕香魂脱离这个尘世，而宝玉一直不知道这个消息，直等到成婚的一夜，宝玉觉察了自己的父母亲的诡局，变成痴呆呆的呆子，好像失去了魂魄，最后，他出了家。

这样详详细细都是描写一个大家族的兴衰。其家族的不幸环境渐次演进，至故事之末段令人丧气；它的欢乐的全盛时期过去了，倾家荡产的险象笼罩着每个人的眉头，无复中秋月下的盛宴，但听得空寂庭院的鬼哭神号；美丽的姑娘长大起来了，各个以不同的命运嫁到各别的家庭去了；宝玉的贴身侍女被遣送而嫁掉了，而最不幸的晴雯保持着贞洁与真情而香消玉殒了。一切幻影消灭了。

假使像有些批评所说，《红楼梦》足以毁灭一个国家，那它应该老早就把中国毁灭掉了。黛玉和宝玉，已成为全民族的情人，不在话下，凤姐的泼辣，妙玉的灵慧，一个有一个的性格，一个有一个的可爱处，每个各代表一种特殊的典型。欲探测一个中国人的脾气，其最容易的方法，莫如问他欢喜黛玉还是欢喜宝钗，假如他喜欢黛玉，那他是一个理想主义者；假使他赞成宝钗，那他是一个现实主义者。有的喜欢晴雯，那他也许是未来的大作家；有的喜史湘云，他应该同样爱好李白的诗。而著者本人则欢喜探春，她具有黛玉和宝钗二人品性糅合的美质，后来她幸福地结了婚，做一个典型的好妻子。宝玉的个性分明是软弱的，一点没有英雄的气概，不值得青年崇拜。但不问气概如何，中国青年男女都把这部小说反复读过七八遍，还成立了一门专门学问叫作"红学"，其地位之尊崇与研究著作的卷帙之浩繁，不亚于莎士比亚与歌德著作的评注书。

《红楼梦》殆足以代表中国小说写作艺术的水准高度，同时它也代表一种小说的典型。概括地说，中国小说根据它们的内容，可以区分为下述数种典型。它们的最著名的代表作兹罗列于下：

一、侠义小说——《水浒传》

二、神怪小说——《西游记》

三、历史小说——《三国演义》

四、爱情小说——《红楼梦》

五、淫荡小说——《金瓶梅》

六、社会讽刺小说——《儒林外史》

七、理想小说——《镜花缘》

八、社会写实小说——《二十年目睹之怪现状》

严格地分类，当然是不容易的。例如《金瓶梅》虽其五分之四系属猥亵文字，却也可算为一部最好的社会写实小说，它用无情而灵活的笔调，描写普通平民，下流伙党，土豪劣绅，尤其是明代妇女在中国的地位。这些小说的正规部类上面，倘从广义的说法，吾人还得加上故事笔记，这些故事都是经过很悠久的传说，这样的故事笔记，莫如拿《聊斋志异》和《今古奇观》来做代表。《今古奇观》为古代流行故事中最优良作品的选集，大多系经过数代流传的故事。

著者曾把许多中国小说依其流行势力的高下加以分级，倘把街市上流行的一般小说编一目录，则将显出冒险小说，中国人称为侠义小说者，允居编目之首。这是一个奇怪的现象，因为侠义和勇敢的行为，时常受到父母教师的训斥摧抑。这种心理不是难于解释的。在中国，侠义的儿子容易与巡警或县官冲突，致连累及整个家族，这班儿孙常被逐出家庭而流入下流社会；而仗义行侠的人民，因为太富热情，太关怀公众，致常干涉别人事务，替贫苦抱不平，这般人民常被社会逐出而流入绿林。因为假使父母不忍与他们割绝，他们或许会破碎整个家庭——（当时）中国是没有宪政制度的保障的。一个人倘常替贫苦被压迫者抱不平，在没有宪法保障的社会里一定是一个挺硬的硬汉。很明显那些剩留在家庭里头和那些剩留在体面社会里头的人是不堪挫折的人，这些中国社会里的安分良民是以欢迎绿林豪侠有如一个纤弱妇人之欢迎面目黧黑、胸毛蓬蓬、络腮胡子的彪形大汉。当一个人闲卧被褥中而披读《水浒传》，其安适而兴奋，不可言喻，读到李逵之闯暴勇敢的行径，其情绪之亢激舒畅更将何如？——记着，中国小说常常系在床卧读。

神怪小说记载着妖魔与神仙的斗法，实网罗着大部分民间流传之故事，这些故事是很贴近中国人的心坎的，《吾国与吾民》第三章《中国人的心灵》中，曾指出中国人的心理，其超自然的神的观念，常常是跟现实相混淆的，《西游记》，理查兹博士（Dr.Timothy Richards）曾把它摘译成英文，称为《天国求经记》（*A Mission to Heaven*），系叙述玄奘和尚的印度求经的冒险壮举，可是他的此番壮举却是跟三个极端可爱的半人形动物做伙伴。那三个伙伴是猴子孙悟空、猪猡猪八戒和一个沙和尚。这部小说不是原始的创作，而是根据于宗教的民间传说的。其中最可爱最受欢迎的角色，当然是孙悟空，他代表人类的顽皮心理，永久在尝试着不可能的事业。他吃了天宫中的禁果，一颗蟠桃，有如夏娃吃了伊甸乐园中的禁果，一颗苹果，乃被铁链锁禁于岩石之下受五百年的长期处罚，有如盗了天火而被锁禁的普罗米修斯（Promētheus）。适值刑期届满，由玄奘来开脱了锁链而释放了他，于是他便投拜玄奘为师，担任伴护西行的职务，一路上跟无数妖魔鬼怪奋力厮打战斗，以图立功赎罪，但其恶作剧的根性终是存留着，是以他的行为表象一种刁悍难驭的人性与圣哲行为的斗争。他的头上戴着一顶金箍帽，无论什么时候只要当他兽性发作，犯了规，他的师父玄奘便念一首经咒，立刻使他头上的金箍愈逼愈紧，直到他的脑袋痛得真和爆裂一样，于是他不敢发作了。同时猪八戒表象一种人类兽欲的根性，这兽欲根性后来经宗教的感化而慢慢地涤除。这样奇异的人物做此奇异的长征，一路上欲望与诱惑的抵牾纷争不断出现，构成一串有趣的环境和令人兴奋的战斗，显神通，施魔力，大斗法宝，孙悟空在耳朵里插一根小棒，这根小棒却可以变化到任何长度。不但如此，他还有一种本领，在腿上拔下毫毛，可以变成许许多多小猴子助他攻击敌人，而他自身也能变化，变成各色各样的动物器具，他曾变成鹭鸶，变成麻雀，变成鱼，或变成一座庙宇，眼眶做了窗，口做了门，舌头做了泥菩萨；妖魔一不留神，跨进这座庙宇的门槛，准给他把嘴巴一合，吞下肚去。孙悟空跟妖魔的战斗尤为神妙，大家互相追逐，都会驾雾腾空，入地无阻，入水不溺，这样的打仗，怎么会不令小弟弟听来津津有味？就是长大了的青年，只要他还没有到漠视米老鼠的程度，总是很感兴趣的。

爱谈神怪的习气，不只限于神怪说部，它间入各式各样的小说，甚至像第一流作品《野叟曝言》亦不免受此习气之累，因而减色。《野叟曝言》为侠义兼伦理说教的小说。爱谈神怪的习气又使中国侦探故事小说如《包公案》为之减色，致使其不能发展为完备的侦探小说，媲美欧美杰作。它的原因盖缘于缺乏科学的伦理观念和中国人生命的轻贱。因为一个中国人死了，普通的结论就只是他死了也就罢了。包公可算是中国历史上的一个大侦探家，本人又为裁判官，他的解决一切隐秘暗杀案件乃常赖梦境中的指示，而不用福尔摩斯那样论理分析的头脑。

中国小说结构松懈，颇似劳伦斯（D. H. Lawrence）的作品，而其冗长颇似俄罗斯小说中之托尔斯泰和陀思妥耶夫斯基的作品。中国小说之和俄罗斯小说的相像是很明显的。大家都具备极端写实主义的技术，大家都沉溺于详尽，大家都单纯地自足于讲述故事，而缺欧美小说的主观的特性。也有精细的心理描写，但终为作者心理学识所限，故事还是硬生生地照原来的故事讲。邪恶社会的逼真的描写，《金瓶梅》丝毫不让于《卡拉马佐夫兄弟》。爱情小说一类的作品，其结构通常是最佳的，社会小说虽在过去六十年中盛行一时，其结构往往游移而散漫，形成一连串短篇奇闻逸事的杂锦。正式的短篇小说则直到最近二十年以前，未有完美之作品出世。现代新作家正竭力想写出一些跟他们所读过的西洋文学一样的作品，不论是翻译的还是创作的。

大体上中国小说之进展速度很可以反映出人民生活的进展速度，它的形象是庞大而驳杂的，可是其进展从来是不取敏捷的态度的。小说的产生，既明言是为了消磨时间，当尽有空闲时间可供消磨，而读者亦无须乎急急去赶火车，真不必急急乎巴望结束。中国小说宜于缓读，还得好好耐着性儿。路旁既有闲花草，谁管行人闲摘花？

/诗/

　　如谓中国诗之透入人生机构较西洋为深，宜若非为过誉，亦不容视为供人愉悦的琐屑物，这在西方社会是普通的。前面说过，中国文人，人人都是诗人，或为假充诗人，而文人文集的十分之五都包含诗。中国的科举制度自唐代以来，即常以诗为主要考试科目之一。甚至做父母的欲将其多才爱女许配与人，或女儿本人的意志，常想拣选一位能写一手好诗的乘龙快婿。阶下囚常能重获自由，或蒙破格礼遇，倘他有能力写两三首诗呈给当权者。因为诗被视为最高文学成就，亦为试验一人文才的最有把握的简捷方法。中国的绘画亦与诗有密切的关系，绘画的精神与技巧，倘非根本与诗相同，至少是很接近的。

　　吾觉得中国的诗在中国代替了宗教的任务，盖宗教的意义为人类性灵的发抒，为宇宙的微妙与美的感觉，为对于人类与生物的仁爱与悲悯。宗教无非是一种灵感，或活跃的情愫。中国人在他们的宗教里头未曾寻获此灵感或活跃的情愫，宗教对于他们不过为装饰点缀物，用以遮盖人生之里面者，大体上与疾病死亡发生密切关系而已。可是中国人却在诗里头寻获了这灵感与活跃的情愫。

诗又曾教导中国人以一种人生观，这人生观经由俗谚和诗卷的影响力，已深深渗透一般社会而给予他们一种慈悲的意识，一种丰富的爱好自然和忍受人生的艺术家风度。经由它的对自然之感觉，常能医疗一些心灵上的创痕，复经由它的享乐简单生活的教训，它替中国文化保持了圣洁的理想。有时它引动了浪漫主义的情绪，而给予人们终日劳苦无味的世界以一种宽慰，有时它迎合着悲愁、消极、抑制的情感，用反映忧郁的艺术手腕以澄清心境。它教训人们愉悦地静听雨打芭蕉，轻快地欣赏茅舍炊烟与晚云相接而笼罩山腰，留恋村径闲览那茑萝百合，静听杜鹃啼，令游子思母，它给予人们以一种易动怜惜的情感，对于采茶摘桑的姑娘们，对于被遗弃的爱人，对于亲子随军远征的母亲和对于战祸蹂躏的劫后灾难。总之，它教导中国人一种泛神论与自然相融合：春则清醒而怡悦；夏则小睡而听蝉声喈喈，似觉光阴之飞驰而过若可见者然；秋则睹落叶而兴悲；冬则踏雪寻诗。在这样的意境中，诗很可称为中国人的宗教。吾几将不信，中国人倘没有他们的诗——生活习惯的诗和文字的诗一样——还能生存迄于今日否？

然倘令没有特殊适合于诗的发展的条件，则中国的诗不致在人民生活上造成这样重要的地位。第一，中国人的艺术和文学天才，系设想于情感的具象的描写而尤卓越于环境景象的渲染，乃特殊适宜于诗的写作。中国人特性的写作天才，长于约言、暗示、联想、凝练和专注，这是不配散文的写作的，在古典文学限度以内为犹然，而却使诗的写作天然却流利。倘如罗素所说的"在艺术，他们志于精致；在生活，他们志于情理"，那中国人自然将卓越于诗。中国的诗，以雅洁胜，从不冗长，也从无十分豪放的魄力。但它优越地适宜于产生宝石样的情趣，又适宜用简单的笔法，描绘出神妙的情景，气韵生动，神隽明达。

中国思想的枢要，似也在鼓励诗的写作，它认为诗是文艺中至高无上的冠冕。中国教育重在培育万能的人才，而中国学术重在知识之调和。十分专门的科学，像考古学，是极少的，而便是中国的考古学家，也还是很广达人情，他们还能照顾家务，弄弄庭前的花草。诗恰巧是这样形式的创作，她需要普通的综合的才能，易辞以言之，它需要人们全盘地观念人生。凡失于分析者，辄成就于综合。

　　还有一个重要理由，诗完全是思想染上情感的色彩，而中国人常以情感来思考，鲜用分析的理论的。中国之把肚皮视作包藏一切学问知识的所在，如非偶然，盖可见之于下述常用语中，如"满腹文章"或"满腹经纶"。现在西洋心理学家已证明人的腹部为蓄藏情感的位置，因为没有人的思维能完全脱离情感。著者很相信我们的思考，用肚皮一似用头脑，思考的范型愈富于情感，则内脏所负思想的责任愈多。邓肯女士说女子的思想，谓系起自下腹部，沿内脏而上升，男子的思虑则自其头脑而下降。这样的说法，真是说的中国人，很对。这确证了著者的中国人思想之女性型的学理（见《吾国与吾民》第三章）。又以吾们在英语中说，当一个人作文时竭力搜求意思之际，叫作"搜索脑筋"以求文思，而中国语叫作"搜索枯肠"。诗人苏东坡曾有一次饭后，问他的三位爱妾：我腹中何所有？那最黠慧的一位叫作朝云的却回答说他是满腹不合时宜的思想。中国人之所以能写好诗，就因为他们用肚肠来思想。

　　此外则中国人的语言与诗亦有关系。诗宜于活泼清明，而中国语言是活泼清明的。诗宜于含蓄暗示，而中国语言全是简约的语旨，它所说的意义常超过于字面上的意义。诗的表白意思宜于具象的描写，而中国语言固常耽溺于"字面的

216

描摹"。最后，中国语言以其清楚之音节而缺乏尾声的子音，具有一种明朗可歌唱的美质，非任何无音调的语言所可匹敌。中国的诗是奠基于它的音调价值的平衡的，而如英文诗则基于重音的音节。中国文字分平、上、去、入四声，四声复归为二组，其一为软音（平声）音调拖长，发声的原则上为平衡的，实际则为高低音发声的。第二组为硬音（仄声），包括上、去、入三种发声，最后之入声以 p，t，k 音殿者，在现行"国语"中已经消失。中国人的耳官，被训练成长于辨别平仄之韵律与变换的。此声调的韵节虽在散文佳作中亦可见之，不啻说明中国的散文，实际上亦是可唱的。因为任何具完备耳官的人，总能容易地在罗斯金（Ruskin）或沃尔特·彼得的散文中体会出声调与韵节的。

在盛唐诗中，平仄音节的变换是相当复杂的，例如下面的正规格式：

一、平平仄仄仄平平（韵）
二、仄仄平平仄仄平（韵）
三、仄仄平平平仄仄
四、平平仄仄仄平平（韵）
五、平平仄仄平平仄

六、仄仄平平仄仄平（韵）

七、仄仄平平平仄仄

八、平平仄仄仄平平（韵）

　　每一句的第四音以下有一顿挫，每两句自成一联，中间的两联必须完全对偶，就是每句的字必须与另一句同地位的字在声韵与字义方面，都得互相均衡。最容易的方法欲了解此协调的意义，即为想象两个对话者对读，每人更迭地各读一句，把每句首四字与后面三字各成一小组，而用两个英文字代入，一字代表一组，则其结果可成为如下一个轮廓的款式：

（A）Ah, yes？

（B）But, no？

（A）But, yes？

（B）Ah, no！

（A）Ah, yes？

（B）But, no？

（A）But, yes！

（B）Ah, no！

注意第二个对话者常想对抗第一个，而第一个在第一组中常连续第二个语气的线索。但在第二组中，则变换起来。感叹符号与询问符号乃表示有两种语气不同的"是"与"否"。注意除了第一联的第二组，其他各组在声调方面都是正式对偶的。

但是吾们对于中国诗的内在技术与精神，所感兴趣甚于韵节的排列式。用了什么内在的技巧，才能使它至于如此神妙的境界？它怎样用寥寥数字在平庸的景色上，撒布迷人的面幕，描绘出一幅实景的画图，益以诗人的灵感？诗人怎样选择并整理其材料，又怎样用他自己的心灵报道出来而使它充溢着韵律的活力？中国的诗与中国的绘画何以为一而二、二而一？更为什么中国的画家即诗人，诗人即画家？

中国诗之令人惊叹之处，为其塑形的拟想并其与绘画在技巧上的同系关系，这在远近配景的绘画笔法上尤为明显。这里中国诗与绘画的雷同，几已无可驳议。且让吾人先从配景法说起，试读李白（701—762）诗便可见之：

山从人面起，云傍马头生。

这么两句，不啻是一幅绘画，呈现于吾们的面前，它是一幅何等雄劲的轮廓画，画着一个远游的大汉，跨着一匹马，疾进于崇高的山径中。它的字面，是简短却又犀利，骤视之似无甚意义，倘加以片刻之沉思，可以觉察它给予吾人一幅绘画，恰好画家所欲描绘于画幅者。更隐藏一种写景的妙法，利用几种前景中的实物（人面和马头）以抵消远景的描写。假若离开诗意，谓一个人在山中登得如此之高，人当能想出这景色由诗人看来，只当它是一幅绘在平面上的绘画。读者于是将明了，一似他果真看一幅绘画或一张风景照，山顶真好像从人面上升，而云气积聚远处，形成一线，却为马首所冲破。这很明显，倘诗人不坐于马上，而云不卧于远处较低的平面就写不出来。充其极，读者得自行想象他自己跨于马背上而迈行于山径之中，并从诗人所处的同一地点，以同一印象观看四面的景色。

用这样的写法，确实系引用写景的妙法，此等"文字的绘画"显出一浮雕之轮廓，迥非别种任何手法所可奏效。这不能说中国诗人自己觉察此种技术之学理，但无论如何，他们确已发现了这技巧本身。这样的范例，可举者数以百计。王维（701？—761），中国最伟大的一位写景诗人，使用这方法写着：

　　　　山中一夜雨，树杪百重泉。

　　当然，设想树梢的重泉，需要相当费一下力。这样的写景法是那么稀少，而且只能当高山峡谷，经过隔宵一夜的下雨，在远处形成一连串小瀑布，显现于前景的几枝树的外廓时，读者才能获得此配景的印象，否则不可能。恰如前面所举李白的例句，其技巧系赖在前景中选择一实物以抵消远处的景物，像云、瀑布、山顶和银河，乃聚而图绘之于一平面。刘禹锡（772—842）这样写着：

　　　　清光门外一渠水，秋色墙头数点山。

　　这种描写技巧是完美的，隔墙头而望山巅，确乎有似数点探出于墙头的上面，给人以一种从远处望山的突立实体的印象。在这种意识中，吾们乃能明了李笠翁（十七世纪）在一部戏曲里所云：

　　　　已观山上画，再看画中山。

　　诗人的目光即为画家的目光，而绘画与诗乃合而为一。

　　绘画与诗之密切关系，当吾人不仅考虑其技巧之相同性，更考虑及它们的题材时，更觉自然而明显，而实际上一幅绘画的题旨，往往即为采自诗之一节一句。又似画家绘事既竟，往往在画幅顶部空隙处题一首诗上去，也足为中国画的另一特色。关于这些详情，吾们在《吾国与吾民》第八章论述绘画时，当再加以详论。但这样的密切关系，引起中国诗的另一特点，即其印象主义倾向的技巧。这是一种微妙的技巧，它给予人以一连串印象，活跃而深刻，留萦着一种余韵，一种不确定的感觉，它提醒了读者的意识，但不足以充分使读者悟解。中国诗之凝练暗示的艺术和艺术的含蓄乃臻于完美圆熟之境的。诗人不欲尽量言所欲言，他的工作却是用敏捷、简括而清楚的几笔，呼出一幅图画来。

　　于是兴起一种田园诗派，一时很为发达。它的特长是善于写景和使用印象派的表现法。田园诗派诗人的大师为陶渊明、谢灵运（385—433）、王维和韦应物（约737—791）。不过作诗技巧在大体上跟别派诗人是融和的。王维（王摩诘）的技巧据说是诗中有画，画中有诗，因为他同时又为大画家。他的《辋川集》所收的殆全是一些田园的写景诗。一首像下面的诗，只有深体中国绘画神髓者，才能写得出：

飒飒秋雨中，浅浅石溜泻。

跳波自相溅，白鹭惊复下。

（《栾家濑》）

这里吾们又逢到暗示问题。有几位现代西洋画家曾努力尝试一种不可实现的尝试工作，他们想绘画出日光上楼时的音响。但这种艺术表现的被限制问题却给中国画家部分地解决了，他们用联想表现的方法，这方法实在是脱胎于诗的艺术的。一个人真可以描绘出音响和香气来，只要用联想表现的方法。中国画家会画出寺院敲钟的声浪，在画面上根本没有钟的形象，却仅仅在深林中露出寺院屋顶的一角，而钟可能地表现于人的面部上。有趣的是中国诗人的手法，以联想暗示一种嗅觉，实即为画面上的笔法。如是，一个中国诗人形容旷野的香气，他将这样写：

踏花归去马蹄香

如把这句诗用作画题，则没有别的表现香气方法比画一群蝴蝶回翔于马蹄之后更容易显出，这样的画法，足证中国画之与诗的相通，而宋时固曾有这样一幅名画。用此同样联想表现的技巧，诗人刘禹锡描写一位宫女的芳香：

> 新妆宜面下朱楼，深锁春光一院愁。
>
> 行到中庭数花朵，蜻蜓飞上玉搔头。

这寥寥数行，同时双关地提示给读者玉簪的香美与宫女本身的香美，美和香诱惑了蜻蜓。

从这样的印象派联想的表现技巧，又发展一种表现思想与情感的方法，这吾人称为象征的思考。诗人之烘托思想，非用冗长的文句，却唤起一种共鸣的情绪，使读者接受诗人的思想。这样的意思，不可名状，而其诗景之呈现于读者则又清楚而活跃。因是用以引起某种意想，一似某几种弦乐在西洋歌剧中常用以提示某种角色之入场。逻辑地讲，物景与人的内心思想当无多大联系。但是象征的与情感的方面，二者确实有联系。这做法叫"兴"，即唤起作用，在古代之《诗经》中即用之。例如在唐诗中，盛朝遗迹，亦用象征的方法，千变万化地歌颂着，却不说出作者思想的本身。如是，韦庄的歌颂金陵逝去的繁华，有一首《金陵图》，你看他怎样写法：

> 江雨霏霏江草齐，六朝如梦鸟空啼。

　　　无情最是台城柳，依旧烟笼十里堤。

　　延袤十里的柳堤，已够引起他的同时人的回忆，那过去的陈后主盛时的繁华景象，如重现于目前，而其"无情最是台城柳"一句，烘托出人世间的浮沉变迁与自然界的宁静的对比。用此同样技巧，元稹（779—831）描摹其对于唐明皇、杨贵妃过去的繁荣的悲郁，却仅写出白发老宫女在残宫颓址边的闲谈，当然不写出其对话的详情的：

　　　寥落古行宫，宫花寂寞红。
　　　白头宫女在，闲坐说玄宗。

　　刘禹锡的描述乌衣巷残颓的惨愁景象，也用同样的笔法。乌衣巷盖曾为六朝贵显王谢府邸的所在：

　　　朱雀桥边野草花，乌衣巷口夕阳斜。
　　　旧时王谢堂前燕，飞入寻常百姓家！

　　最后而最重要的一点，为赋予自然景物以拟人的动作、品性和情感，并不直接用人性化的方法，却用巧妙的隐喻法，如"闲花""悲凤""朱雀"，诸如此类。隐喻本身并无多大意义，诗，包含诗人的分布其情感于此景物，而用诗人自己的情感之力，迫使之生动而与自己共分忧乐，这在上面的例子中可以看得很清楚。那首诗中，那蜿蜒十里长的烟笼罩的杨柳，被称为"无情"，因为它们未能记忆着实在应该记忆的陈后主，因而分受了诗人的痛切的伤感。

有一次，著者跟一位能诗友人旅行，吾们的长途汽车行过一个僻静的小山脚，悄悄兀立着一座茅舍，门户全都掩着，一株孤寂的桃树，带着盛放的满树花朵，呆呆地立在前面。这样的鲜花，处于这样的环境，分明枉费了它的芳香。于是吾友人在日记簿上题了一首诗，吾还记得他的绝句中的两句：

相影联翩下紫陌，桃花悱恻倚柴扉。（系依英文意译）

它的妙处是在替桃花设想的一种诗意的感想，假想它是有感觉的，甚至有"惨愁欲绝"之慨，这感想已邻近于泛神论。同样的技巧——不如说态度——在一切中国佳构诗句中所在都有。即似李白在他的大作里头有过这样两句：

暮从碧山下，山月随人归。

226

又似他的那首脍炙人口的名作《月下独酌》便是这样写法：

> 花间一壶酒，独酌无相亲。
> 举杯邀明月，对影成三人。
> 月既不解饮，影徒随我身。
> 暂伴月将影，行乐须及春。
> 我歌月裴回，我舞影零乱。
> 醒时同交欢，醉后各分散。
> 永结无情游，相期邈云汉！

这样的写法，已比较暗譬更进一步，它是一种诗意的与自然合调的信仰，这使生命随着人类情感的波动而波动。

此种泛神论的或引自然为同类的感想语法，以杜甫的绝句《漫兴》一诗，所见尤为明显。它表现接续的将自然物体人格化，用一种慈悲的深情，悯怜它的不幸，一种纯情的愉悦与之接触，最后完全与之融合。此诗之首四句为：

> 眼看客愁愁不醒，无赖春色到江亭。
> 即遣花开深造次，便觉莺语太丁宁。

这些字面像"无赖""丁宁""莺语"间接地赋予春及莺鸟以人的品格。接着又推出对于昨夜暴风的抱怨，盖欺凌了他庭前的桃李：

> 手种桃李非无主，野老墙低还似家。
> 恰似春风相欺得，夜来吹折数枝花。

此对于花木的慈惠的深情又反复申述于末四句：

> 隔户杨柳弱袅袅，恰似十五女儿腰。
> 谁谓朝来不作意？狂风挽断最长条。

又来一次，杨柳柔美地飘舞于风中，指为癫狂；而桃花不经意地漂浮水面，乃被比于轻薄的女儿。这就是第五节的四句：

> 肠断江春欲尽头，杖藜徐步立芳洲。
> 颠狂柳絮随风去，轻薄桃花逐水流。

这种泛神论的眼界有时消失于纯情的愉快情感中，当在与虫类小生物接触的时候，似见之于上面杜诗的第三节第四句者。但是吾们又可以从宋诗中找出一个例子来，这是叶采的一首《暮春即事》：

> 双双瓦雀行书案，点点杨花入砚池。
> 闲坐小窗读周易，不知春去几多时。

此种眼界的主观性，辅以慈爱鸟兽的无限深情，才使杜甫写得出"沙头宿鹭联拳静，船尾跳鱼拨剌鸣"那样活现当时情景的句子。此地吾们认识了中国诗的最有趣的一点——内心感应。用一个拳字来代替白鹭的爪，乃不仅为文学的暗譬，因为诗人已把自己与它们同化，他或许自身感觉到握拳的感觉，很愿意读者也跟他一同分有此内在的情感。这儿吾们看不到条分缕析的精细态度，却只是诗人的明敏的感觉，乃出于真性情，其感觉之敏慧犀利一似"爱人的眼"；切实而正确，一似母亲之直觉。此与宇宙共有人类感情的理想，此天生景物之诗的转化，使薜苔能攀登阶石，草色能走入窗帘。此诗的幻觉因其为幻觉，却映入人的思维如是直觉而固定。它好像构成了中国诗的基本本质。比喻不复为比喻，在诗中化为真实，不过这是诗意的真实。一个人写出下面几句咏莲花诗，总得多少将自己的性情融化于自然——使人想起海涅

（Heine）的诗：

> 水清莲媚两相向，镜里见愁愁更红。

> 秋罗拂水碎光动，露重花多香不销。

取作诗笔法的两面，即它的对于景与情的处理而熟参之，使吾人明了中国诗的精神，和它的对于民族国家的教化价值。此教化价值是双重的，相称于中国诗的两大分类：其一为豪放诗，即为浪漫的、放纵的、无忧无虑、放任于情感的生活，对社会的束缚呐喊出反抗的呼声，而宣扬博爱自然的精神的诗。其二为文学诗，即为遵守艺术条件，慈祥退让，忧郁而不怨，教导人以知足爱群，尤悲悯那些贫苦被压迫的阶级，更传播一种非战思想的诗。

在第一类中，可以包括屈原（约前340—约前278）、田园诗人陶渊明、谢灵运、王维、孟浩然（689—740）和疯僧寒山（生卒年不详）。至相近于杜甫的文学诗人的为杜牧（803—853）、白居易（772—846）、元稹和中国第一女诗人李清照（1084—约1151）。严格分类当然是不可能的，而且也还有第三类的热情诗人像李贺（李长吉，790—816）、李商隐

（约 813—约 858）、温庭筠（？ —866）、陈后主（553—604）和纳兰性德（清代旗人，1655—1685），都是以炽热的抒情诗著称的。

第一类豪放诗人，莫如以李白为代表，他的性格，杜甫有一首诗写着：

> 李白斗酒诗百篇，长安市上酒家眠。
> 天子呼来不上船，自称臣是酒中仙。

李白是中国浪漫诗坛的盟主，他的酣歌纵酒，他的无心仕官，他的与月为伴，他的酷爱山水和他的不可一世的气概，无一处不表现其为典型的浪漫人物：

> 手中电曳倚天剑，直斩长鲸海水开。

而他的死也死得浪漫。有一次他在船上喝醉了酒，伸手去捞水中的月影，站不住一个翻身，结束了一切。这样的死法，才是再好没有的死法。谁想得到沉着寡情的中国人，有时也会向水中捞月影，而死了这么一个富含诗意的死！

中国人具有特殊爱好自然的性情，赋予诗以继续不断的生命。这种情绪充溢于心灵而流露于文学。它教导中国人爱悦花鸟，此种情绪比其他民族的一般民众都来得普遍流行。著者尝有一次亲睹一群下流社会的伙伴，正要动手打架，因为看见了关在樊笼中的一头可怜的小鸟，深受了刺激，使他们归复于和悦，发现了天良，使他们感觉到自身的放浪不检而无责任的感觉，因而分散了他们的敌对心理，这性情只有当双方遇见了共同的爱悦对象时始能引起。崇拜田园生活的心理，也渲染着中国整个文化，至今官僚者讲到"归田"生活，颇有表示最风雅最美悦最熟悉世故生活志趣之意。它的流行势力真不可轻侮，就是政治舞台上最穷凶极恶的恶棍，亦往往伴示其性情上具有若干李白型的浪漫风雅的本质。实际据管见所及，就是此辈败类也未始不会真有此等感觉，因为到底他也是中国人。盖中国人者，他知道人生的宝贵。而每当夜中隔窗闲眺天际星光，髫龄时代所熟读了的一首小诗，往往浮现于他的脑际：

终日昏昏醉梦间，忽闻春尽强登山。

因过竹院逢僧话，又得浮生半日闲。

对于这样的人，这首诗是一种祈祷。

第二类诗人，莫如以杜甫为代表，用他的悄静宽拓的性情，他的谨饬，他的对于贫苦被压迫者的悲悯、慈爱、同情，和他的随时随地的厌战思想的流露，完成其完全不同于浪漫诗人的另一典型。

中国也还有诗人像杜甫、白居易辈，他们用艺术的美描绘出吾们的忧郁，在我们的血胤中传殖一种人类同情的意识。杜甫生当大混乱的时代，充满着政治的荒败景象，土匪横行，兵燹饥馑相续，真像我们今日，是以他感慨地写：

朱门酒肉臭，路有冻死骨。

同样的悲悯，又可见之于谢枋得的《蚕妇吟》：

子规啼彻四更时，起视蚕稠怕叶稀。
不信楼头杨柳月，玉人歌舞未曾归。

注意中国诗的特殊的结束法，它在诗句上不将社会思想引归题旨，而用写景的方法留无穷之韵味。就以这首诗，在当时看来，已觉其含有过分的改革气味了。通常的调子乃为一种悲郁而容忍的调子，似许多杜甫的诗，描写战争的残酷后果，便是这种调子，可举一首《石壕吏》以示一斑：

暮投石壕村，有吏夜捉人。老翁逾墙走，老妇出门看。
吏呼一何怒，妇啼一何苦！听妇前致词："三男邺城戍。
一男附书至，二男新战死。存者且偷生，死者长已矣！
室内更无人，惟有乳下孙。有孙母未去，出入无完裙。
老妪力虽衰，请从吏夜归。急应河阳役，犹得备晨炊。"
夜久语声绝，如闻泣幽咽。天明登前途，独与老翁别。

这就是中国诗中容忍的艺术和忧郁感觉的特性。它所描绘出的一幅图画，发表一种伤感，而留给其余的一切于读者，让读者自己去体会。

卷四

人生在世

诗样的人生

　　我以为从生物学的观点看起来，人生几乎是像一首诗。它有韵律和拍子，也有生长和腐蚀的内在循环。它开始是天真朴实的童年时期，嗣后便是粗拙的青春时期，企图去适应成熟的社会，带着青年的热情和愚憨，理想和野心，后来达到一个活动较剧烈的成年时期，由经验上获得进步，又由社会及人类天性上获得更多的经验；到中年的时候，才稍微减轻活动的紧张，性格也圆熟了，像水果的成熟或好酒的醇熟一样，对于人生渐抱一种较宽容、较玩世、较温和的态度；以后到了老年的时期，内分泌腺减少了它们的活动，假如我们对于老年能有一种真正的哲学观念，照这种观念调和我们的生活形式，那么这个时期在我们看来便是和平、稳定、闲逸和满足的时期；最后生命的火花闪灭，一个人便永远长眠不醒了。我们应当能够体验出这种人生的韵律之美，像欣赏大交响曲那样欣赏人生的主旨，欣赏它急缓的旋律，以及最后的决定。这些循环的动作，在正常的人体上是大致相同的，不过那音乐必须由个人自己去演奏。在某些人的灵魂中，那个不调和的音键变得日益洪大，竟把正式的曲调淹没了，如果那不调和的音键声音太响，使音乐不能继续演奏下去，于是那个人便开枪自戕或跳河自尽了。这是因为他缺乏良好的自我教育，弄得原来的主旋律遭了掩蔽。反之，正常的人生是会保持着一种严肃的动作和行列，朝着正常的目标前进。在我们许多人之中，有时震音或激越之音太多，因此听来甚觉刺耳；我们也许应该有一些恒河般伟大的音律和雄壮的音波，慢慢地永远地向着大海流去。

一个人有童年、壮年和老年，我想没有一个人会觉得这是不美满。一天有上午、中午、日落，一年有春、夏、秋、冬四季，这办法再好没有。人生没有什么好坏，只有"在那一季里什么东西是好的"的问题。如果我们抱着这种生物学的人生观念，循着季节去生活，那么除自大的呆子和无可救药的理想主义者之外，没有人会否认人生确是像一首诗那样地生活过去的。莎士比亚曾在他的人生七阶段的文章里把这个观念极明显地表达出来，许多中国作家也曾说过与此相似的话。莎士比亚没有变成富于宗教观念的人，也不曾对宗教表示很大的关怀，这是很可怪的。我想这便是他所以伟大的地方：他把人生当作人生看，他不打扰世间一切事物的配置和组织，正如他不打扰他戏剧中的人物一样。莎士比亚和大自然本身相似，这是我们对一位作家或思想家最大的赞颂。他只是活在世界上，观察人生而终于离开了。

人生的归宿

　　既将中国人的艺术及其生活予以全盘的观察，吾人才将信服中国人确为生活艺术的大家。中国人的生活，有一种集中现实的诚信，一种佳妙的风味，他们的生活比之西洋为和悦为切实而其热情相等。在中国，精神的价值还没有跟物质的价值分离，却帮助人们更热情享乐各自本分中的生活。这就是我们的愉快而幽默的原因。一个非基督徒会具一种信仰现世人生的热诚，而在一个眼界中同时包括精神的与物质的评价，这在基督徒是难于想象的。吾们同一个时间生活于感觉生活与精神生活，如觉并无不可避免的冲突。因为人类精神乃用以美饰人生，俾襄助以克服吾们的感觉界所不可避免的丑恶与痛苦，但从不想逃免这个现世的生命而寻索未来生命的意义。孔子曾回答一个门人对于死的问题这样说："未知生，焉知死？"他在这几句话中，表现其对于人生和知识问题的庸常的、非抽象的、切实的态度，这种态度构成吾们全国的生活与思想的特性。

这个见地建立了某种价值的标度。无论在知识或生活的任何方面，人生的标准即据此为基点。它说明吾们的喜悦与嫌恶心。人生的标准在吾们是一种种族的思想，无言辞可表，毋庸予以定义，亦毋庸申述理由。这个人生的标准本能地引导吾们怀疑都市文化而倡导乡村文化，并将此种理想输入艺术，生活的艺术与文化的艺术；使吾们嫌恶宗教，玩玩佛学而从不十分接受其逻辑的结论；使吾们憎厌机械天才。这种本能的信任生命，赋予吾们一种强有力的共通意识以观察人生千变万化的变迁，与知识上的盈千累万的困难问题，这些吾们粗鲁地忽略过去了。它使吾们观察人生沉着而完整，没有过大的歪曲评价，它教导吾们几种简单的智慧，如尊敬长老、爱乐家庭生活、容忍性的束缚与忧愁生活。它使吾们着重几种普通道德像忍耐、勤俭、谦恭、和平。它阻止狂想的过激学理的发展而使人类不致为思想所奴役。它给我们价值的意识而教导我们接受人生的物质与精神上的优点。它告诉我们，无论人类在思想上行为上怎样尽了力，一切知识的最终目的为人类的幸福。而吾们总想法使吾们在这个世界上的生活快乐，无论命运的变迁若何。

吾们是老大的民族。老年人的巨眼看尽了一切过去与一切现代生活的变迁，也有许多是浅薄的，也有许多对于吾们人生具有真理的意义。吾们对于进步略有些取冷笑的态度，吾们也有些懦弱，原来吾们是老苍苍的人民了。吾们不喜在球场上奔驰突骤以争逐一皮球，吾们却欢喜闲步柳堤之上与鸣鸟游鱼为伴。人生是多么不确定，吾们倘知道了什么足以满足吾们，便紧紧把握住它，有如暴风雨的黑夜，慈母之紧紧抱住她的爱子。吾们实在并无探险北极或测量喜马拉雅山的野心。当欧美人干这些事业，吾们将发问："吾们干这些事情为的是什么？是不是到南极去享快乐生活吗？"吾们上戏院或电影院，但是在吾们的心底吾们觉得一个真实小孩的笑容，跟银幕上幻想的小孩笑容一样给我们快乐。吾们把二者比较一下，于是吾们安安顿顿住在家里。吾们不信接吻自己的爱妻定然是淡而无味，而别人的妻子一定会更显娇的，好像"家主婆是别人家的好"。当吾们泛舟湖心，则不畏爬山之苦；徘徊山麓，则不知越岭之劳，吾们今朝有酒今朝醉，眼底有花莫掉头。

人生譬如一出滑稽剧。有时还是做一个旁观者，静观而微笑，胜如自身参与一分子。像一个清醒了的幻梦者，吾们的观察人生，不是戴上隔夜梦景中的幻想的色彩，而是用较清明的眼力。吾们倾向于放弃不可捉摸的未来而同时把握住少数确定的事物。吾们所知道可以给予幸福于吾人者，吾们常常返求之于自然，以自然为真善美永久幸福的源泉。丧失了进步与国力，吾们还是很悠闲自得地生活着，轩窗敞启，听金蝉曼唱，微风落叶，爱篱菊之清芳，赏秋月之高朗，吾们便很感满足。

因为吾们的民族生命真已踏进了新秋时节。在吾们的生命中，民族的和个人的，临到了一个时期，那时秋的景色已弥漫笼罩了吾们的生命，青绿混合了金黄的颜色，忧郁混合了愉快的情绪，而希望混合着回想。在吾们的生命中临到一个时期，那时春的烂漫，已成过去的回忆；夏的茂盛，已成消逝歌声的余音，只剩微弱的回响。当吾们向人生望出去，吾们的问题不是怎样生长，却是怎样切实地生活；不是怎样努力工作，而是怎样享乐此宝贵为欢乐之一瞬；不是怎样使用其精力，却是怎样保藏它以备即将来临的冬季。一种意识，似已达到了一个地点，似已决定并寻获了我们所要的。一种意识似已成功了什么，比之过去的茂盛，虽如小巫见大巫，但仍不失为一些东西，譬如秋天的林木，虽已剥落了盛夏的葱郁，然仍不失林木的本质而将永续无穷。

我爱好春，但是春太柔嫩；我爱好夏，但夏太荣夸。因是我最爱好秋，因为它的叶子带一些黄色，调子格外柔和，色彩格外浓郁，它又染上一些忧郁的神采和死的预示。它的金黄的浓郁，不是表现春的烂漫，不是表现夏的盛力，而是表现逼近老迈的圆熟与慈和的智慧。它知道人生的有限，故知足而乐天。从此"人生有限"的知识与丰富的经验，出现一种色彩的交响曲，比一切都丰富，它的青表现生命与力，它的橘黄表现金玉的内容，紫表现消极与死亡。明月辉耀于它的上面，它的颜色好像为了悲愁的回忆而苍白了，但是当落日余晖接触的时候，它仍能欣然而笑。一阵新秋的金风掠过，树叶愉快地飞舞而摇落，你真不知落叶的歌声是欢笑的歌声还是黯然销魂的歌声。这是新秋精神的歌声。平静、智慧、圆熟的精神，它微微笑着忧郁而赞美兴奋、锐敏、冷静的态度——这种秋的精神曾经辛弃疾美妙地歌咏过：

少年不识愁滋味，

爱上层楼，爱上层楼，

为赋新词强说愁。

而今识尽愁滋味,

欲说还休,欲说还休,

却道天凉好个秋。

懂得享受人生

有些人头发刚刚转白，便自认是风中残烛，老态龙钟起来了；有些人虽已七八十，却仍是精神抖擞，童心勃勃，照样和后生小伙子一般。

为什么人类的寿命有长有短？为什么有些人未老先衰，有些人老而弥健？衰老的真正原因为何？到了什么程度才能称为老？怎样防止未老先衰呢？

这许多基本问题，都是人类急待揭开的谜底，虽然这些年来，由于近代医学之赐，疾病的克服与保健的提倡，人类的寿命已一天一天增高，人类的身体也一天比一天强壮，可是长寿的要诀似乎除此三要素之外，还有一个最重要的因素，那便是要懂得人生，唯有懂得人生的人，才能享受人生，才能活得更久。

我们都会看见过许多老先生老太太们，如果仅凭他们的健康状况，早该寿终正（内）寝，可是，他们一个个都是出乎意料之外地，一年一年倔强地活下去。这是为什么？这就是因为他们具有一种丰富的意志，以及懂得人生。

有旺盛的生存欲的人，寿命一定长；反之，遇事颓丧，终日愁眉不展，心襟狭小的人，必多早逝。

一个合群，爱人人，人人也爱他的人，一定能却病延年；相信自己有前途，珍惜自己前途，有勇气面对将来的人，是会长寿的。

我们都知道，情绪可以影响生理；而生活力正是生命的源泉，健康固然是维持寿命的要素，然而，生活力却影响着生机。能够懂得情绪影响着生理的人，便会了解到生活力之影响生命，同时便会恍然大悟到"人生"矣。

勿为逆境所困

　　每遇到困难首先应当简捷了当面对着它，不要光是抱怨不休，更不可垂头哀叹，只是立刻昂头挺胸予以迎击。在你的一生里千万不要奴颜婢膝，半失败状态地匍匐混世。面对困难拿出你的力量来对付它。当你直起腰来立刻会觉得它们所能给予你的阻挠远不及你所想象的一半大。

　　一位朋友从欧洲寄给我一部《警惕与反省》，这书里写到英国杜多尔将军在一九一八年三月，率领英国第五军迎遇德军苛猛的攻击。寡众悬殊，获胜的机会少极，但杜多尔将军深知如何坚定昂立，不屈不挠，克敌制胜。他的办法很简单，只是坚守不动，等着险局来临，他反过来把险局打击得粉碎。

　　这书里有着一个充满了力量的句子："杜多尔给予我的印象犹若一个铁栓，锤入坚冰硬地，不动不摇。"杜多尔将军懂得怎么面对艰难。只要面对着它就行，不让步不妥协，困难终于不攻自破，你也一样地可以办得到。总有一方面要破的，被破碎掉的绝不是你，而是那困难，这是你一定办得到的，如果你拿定主意。坚强意志是你必须具备的主要气质之一。这样就够了。事实上，若能坚强，则必须有余力。

每遇困难拿定主意予以迎刃而解，因此你会组织自己，了解你的才干和你处世的能力。这样一来你的态度会立刻由消极而积极，如所事正大光明，则有天下无难事之感。然后你敢对自己保证，无论在什么样的境遇，亦可安之若素，这意思就是"我不相信失败"。

好几年前，高佐里斯这举世闻名的网球家，在那年精疲力竭的困战下，依旧光辉地保持着锦标。因为事前对比赛的恶劣气候一无预知，球承遭受到障碍。体育记者对高佐里斯这年比赛的技艺认为远不及往年，但他持有一股劲儿，这劲儿正是他赢得锦标的因素。那记者说他保持得住坚定的心力，同时还有不可磨灭的事实，"他说不为逆境所败"。

这是处世的金玉良言，"他说不为逆境所败"。细细咀嚼这句话真是有力之至。如果一遇逆境而气馁得消极的思念随之而来，那就面对不了困难，克服困难就根本谈不了。

拿定主意就是力量，这是一种动力足以迎遇艰险。人人都具有这动力，但在四面楚歌中，则面迎的无不是艰难，莫非险境，那么你就非有"不为逆境所败"的魄力不可。

你可能会这样说，"可是你不晓得我的环境。我的情况跟谁也不同。我已被困难磨折得无法自拔。"

照你的处境，你是不是有比上不足比下有余之感？既有余则还有下坡在等着你，还没有到那退无可退的境地哩。在这境遇里你只有一个方向可以选择，那就是向上，别再往下坠。一有向上之心，你立刻被鼓舞起来，咦，我更要提醒你一句，不要以为你所处是前无古人之境，这是绝对没有的事，也是不可能的事！